爱心无涯

陆鑫 李福钟 著

中华工商联合出版社

图书在版编目（CIP）数据

爱心无涯 / 陆鑫，李福钟著 . -- 北京：中华工商
联合出版社，2021.6
ISBN 978-7-5158-3025-4

Ⅰ.①爱… Ⅱ.①陆… ②李… Ⅲ.①散文集—中国
—当代 Ⅳ.① I267

中国版本图书馆 CIP 数据核字 (2021) 第 092547 号

爱心无涯

作　　者	陆　鑫　李福钟
出 品 人	李　梁
责任编辑	于建廷　王　欢
装帧设计	映象视觉
责任审读	傅德华
责任印制	迈致红
出版发行	中华工商联合出版社有限责任公司
印　　刷	北京兰星球彩色印刷有限公司
版　　次	2021 年 6 月第 1 版
印　　次	2021 年 6 月第 1 次印刷
开　　本	880mm×1230 mm　1/32
字　　数	200 千字
印　　张	4.875
书　　号	ISBN 978-7-5158-3025-4
定　　价	48.00 元

服务热线：010-58301130-0（前台）
销售热线：010-58301132（发行部）
　　　　　010-58302977（网络部）
　　　　　010-58302837（馆配部、新媒体部）
　　　　　010-58302813（团购部）
地址邮编：北京市西城区西环广场 A 座
　　　　　19-20 层，100044
http://www.chgslcbs.cn
投稿热线：010-58302907（总编室）
投稿邮箱：1621239583@qq.com

工商联版图书
版权所有 侵权必究

凡本社图书出现印装质量问题，
请与印务部联系。
联系电话：010-58302915

前　言

　　"爱"是人类永恒的主题,爱心永远珍藏在每一个善良人的心坎里。

　　试问:世界上如果没有爱,人类还能延续下来吗?如果没有爱,人和人之间还能和睦相处、握手言欢吗?如果没有爱,世界还怎么能够发展、进步?这是不言而喻的。当今社会,人们总觉得缺少了一点东西,缺少什么?缺少的正是爱。人与人之间漠不关心,只关心自己,不关心别人。人们朝思暮想的似乎只有赚钱、发财,对别人的困难则熟视无睹。一些人为达目的运用各种手段,包括利用新的科学技术手段做一些损人利己,甚至伤天害理的事情。如果按照这种思维行动推演下去,这个世界将成为什么样子,不是人们追求和想要的。

　　幸而现实世界并不完全是这样的,爱,爱心,终究占据了人类社会的上风和主导地位。人们认识到利己主义者实际既有损别人,也不能利己,他受到全社会的谴责。社会只有在人们共同关心、互相关爱的条件下才能永生，舍此别无他途。资本主义社会那种唯利是图的本质属性已经逐步被人们认识、戳破，没有太多的市场了。

出于一种本能，我们萌发了写一本关于爱心方面的书，想对现实社会尽一点责任。

本书是按着如下几个方面的逻辑思维进行写作的：

一是颂扬爱的理念。

古人说："滴水之恩，须当涌泉相报"。爱是一种处世哲学，也是一种生活智慧。爱是中华民族的优良传统，是人不可或缺的品质。

人类作为万物之灵，无论在工作还是生活中，都应该具有一颗仁爱之心。以感恩之心做人，是一个人奉行的基本宗旨。中华民族是具有优良关爱传统的。孔融四岁让梨于弟，体现的是兄弟之间的关爱。黄香九岁温席于母，体现的是晚辈对长辈的关爱。孟母断杼三迁择居，体现的是母亲对孩子的关爱。林则徐火烧鸦片拒国门，无数共产党人抗日寇抛头颅洒鲜血救国救民，体现的是对国家和民族的大爱。在当今的社会"一方有难，八方支援"的种种善举，体现的是人与人之间的大爱。

我们就是根据这些爱的基本理念来写这本书的，这可以说是本书写作的第一个特点。

二是阐述的层次。

我们认为，爱，首先要爱自己，然后才能爱别人，一个不爱自己的人绝不会去爱别人的。古人也是这样认为的，《大学》一书表达了"修身、齐家、治国平天下"的理念，也是先从个人的修身谈起。《孟子》一书中讲道："天下国家。天下之本在国，国之本在家，家之本在身"，爱自身是爱家庭、爱国家的根本和起点。按着这个思路，本书在写作层次上也是把"爱自己"放在最前面，接着写爱家庭、爱国家，和传统的理念取得一致。这是本书写作的第二个特点。

三是适应时代的需要。

根据当今时代的特点，本书对爱心做了更广泛的诠释，超越传统的理念，吸收了一些国内外的新论点，例如爱科技创新、爱文化遗产，国与国之间的关爱等，作了一些概述，务求做到洋为中用，古为今用，学用结合。这是本书写作的第三个特点。

四是言之有物。

针对当今社会上出现的一些不良现象，针砭时弊，有的放矢，我们从积极方面进行阐述，发挥正能量，而不是一味地指责批评，危言耸听。这是本书写作的第四个特点。

全书共分10篇：一、爱自己；二、爱家庭；三、爱祖国；四、爱朋友；五、爱学习；六、爱工作；七、爱健康；八、爱传统;九、爱现代;十、爱人类。

近年来,我们感到社会上专门集中讲解爱心的图书似乎并不多见,我们不揣浅陋,写作此书,只是想起到一点罅漏补缺的作用,如能引起一些同志对这个问题的关心和讨论,则我们的愿望足矣。

由于我们的学识和阅历有限,书中所述难免有不当之处。敬请读者批评指正。

作者　2019 冬

目录

一 爱自己

二 爱家庭

三 爱祖国

四 爱朋友

五 爱学习

六　爱工作

七　爱健康

八　爱传统

九　爱现代

十　爱人类

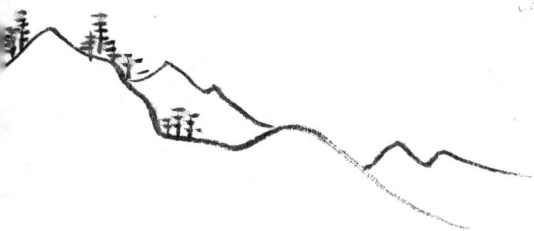

一　爱自己

（一）先要自爱　才能爱人

爱自己，就是说要自爱。一个人只有爱自己，才会去爱别人。你连自己都不爱，还会去爱别人吗？不可能的。别人也就不会爱你。你看见过不爱自己，却非常爱别人，或者你不爱别人，别人却非常爱你的人吗？恐怕没有吧！

爱自己，爱别人；先自爱，后人爱。这是客观规律，历来如此。

人是在一个大集体中生长的。每一个人都会接触到许许多多的人和事。有己就有人，有人就有己；你中有我，我中有你。我是大集体中的一员，不能离群而独居。

要在这个大集体中生活成长，必须要有爱。从某种意义上说，因为有了爱，世界才能存在和发展，如果没有了爱，人类也可能就不存在了，世界也可能就没有了。可以说，爱是笼罩一切的，爱是笼罩全世界、全社会、全人类的，把爱的意义说得再大一点也不为过。

自爱，就是自尊、自重、自律，就是自己珍惜自己，自己规范自己，自己约束自己。

常常碰这样一些不自爱的人："我是人才。"是的，你的确是一表人才，"天生我才必有用"。但是你必须自爱，否则天生的人才便没有用，你自己毁灭了自己。你不替人类造福，而是造孽，你自己就不会幸福。

"我成绩大。"是的，你做出了成绩，取得了一点成就，就骄傲自满，得意忘形，目中无人，看不起别人，认为自己比任何人都强，你对人爱理不理，摆出一副架势，别人对你望而生畏，惹不起还躲不起吗，就敬而远之，远远地离开你。也有一些小人会吹捧你，抬举你，拍你的马屁，你便洋洋得意，孤芳自赏，不知所以。这样的结果，你失去的要比得到的多得多，是你自己断送了自己。

"我是一个大富翁。"是的，你做生意，发了点财，有钱了，就目空一切，有钱能使鬼推磨，有了钱什么东西买不到？是的，你有了钱能买到你想要的东西，但是你能买到爱吗？不能。也可能有人爱你的钱，但是爱你的钱是真爱吗？你有钱的时候，人家爱你，一旦你没有钱了，人家就不爱你了，结合快，分手也快，这种事情实在是太多了，不值得惋惜。有了一点钱，吃喝嫖赌，挥霍无度，你有再多的钱也不够你花的。你醉生梦死，不务正业，你的钱随即花光，成为一个无业游民，没有人理你，自作孽不可活呀！

"我是大官。"是的，你当了官，地位高了，权力大了，顾盼自如，就会有一些人来奉承你，巴结你，把你捧上天。你饭来张口，衣来伸手，迎来送往，飘飘然，得意得很。人家送你一点东西，你觉得小意思，欣然接受。人家送你大礼包，求你办点事，你也义不容辞，普开绿灯，于是小贪变成了大贪，知法犯法。岂知国法难容呀！你的官就当不成了。你不仅不爱自己，而且还连累了你的家人。

"我遭受挫折了。"生活中遇到一点困难、挫折，就垂头丧气，一蹶不振，抬不起头来，好像永无出头之日了。你自暴自弃，成天苦思冥想，什么时候天上能掉下馅饼来。做梦去吧！天上掉不下馅饼来。做事总有成功或者失败，失败是成功之母，一失败就不想再干了，这是最没有出息的人。这不是自爱，而是自辱，若真如此，你真的永远也翻不了身。不是别人不爱你，而是你自己不爱自己，不要怪别人、怪命运，要怪就怪你自己。

你是你自己的主人翁。爱自己是认可自我价值的一种表现，当你珍视自己的时候，才能同样地爱别人。

不珍视自己的人，通常想要从他人那里得到肯定，如妻子、丈夫、儿子或女儿。这就会导致他总是想操纵别人，而结果往往事与愿违，通常会使双方都收到伤害。

只有珍爱自己的人才会珍爱他人，才能很好地面对现实。拥有自信可以使你生活得更有意义，令你健康快乐，并建立和维持良好的人际关系，同时使你成为一个举止得体且负责任的人。

（二）爱的基础　道德理念

人们总是把爱和道德理念规范联系起来，这是因为爱的基础就是道德理念。离开了道德理念也就谈不上什么爱，一切的爱也只是流于空谈，毫无意义。

中国人传统的道德理念有些什么呢？大概可以从几个方面来表述。最著名的有所谓"四端说""四维说"。孟子提出"四端"，即仁、义、礼、智。他说："恻隐之心，仁之端也；羞恶之心，义之端也；辞让之心，礼之端也；是非之心，智之端也。人之有是四端也，犹其有四体（肢）也。"他认为充分实现这四端，就能保四海；而不能充分实现这四端，连父母也侍奉不了。孟子把这四端看作是为人的根本，没有了这个根本，就不能算人。

春秋战国时期大政治家、思想家、经济学家管仲提出"四维"说，指出"国有四维"。"何谓四维？一曰礼，二曰义，三曰廉，四曰耻。"他把这个四维提得很高，认为"四维不张，国乃灭亡"。又说："仓廪实则知礼节，衣食足则知荣辱。""礼"就是理，讲道理；"义"就是公正合理，见义勇为；"廉"就是廉洁，不贪婪，不腐化；"耻"就是晓得羞耻，违反道德的事情不做，违反国家利益的事情不做。做了错事，做了坏事，要知道难过，知道羞耻，如果连一点羞耻心都没有，不要说什么爱，连做人的资格都没有。老百姓只有在自己家的库房里有了充实的粮食，才能懂得礼节，衣食无忧了才知道荣辱，懂得什么事该做，什么事不该做。管仲的四个字、两句话，把人们的心理状态、国家的治乱兴衰，描述得明白无疑。

儒家倡导忠、孝、仁、爱。忠，古代既是指忠于国家，也是指忠于人民；孝是指孝顺父母，这是理所当然；仁和爱实际是一个意义，就是《论语》上说的："仁者爱人"，韩愈说"博爱之谓仁"。

"真、善、美"，就是真实、善良、美慧。

这些传统的或者宗教意义上的伦理道德，集中到一个仁爱上，体现了人的一种内心深处的良知和道德品质，这是人的一种天赋、天性，是人类爱的基础，思想和行动的规范准则。讲爱自己，离不开这些基本的道德规范。

《论语》讲了"九思"，现在有些人还把自己的名字称为"九思"，可见这九思很被人看重。哪"九思"呢？就是：视思明、民听思聪、色思温、貌思恭、言思忠、事思敬、疑思问、忿思难、见得思义。这里我们略作解释。

视思明。看东西要看得明白，不要熟视无睹，看了没有看明白，等于没有看，看不明白就认为是这样的，甚至引发指鹿为马的闹剧。看不明白，似是而非，似非而是，人们最怕这个。古人说：清官难断家务事，公说公有理，婆说婆有理，人家都无理，只有我有理，为什么会这样，就是因为没有弄明白家庭中事务的真相。只有那些糊涂官判一些糊涂事，哪会弄明白事情的真相？

听思聪。听一定要听清楚，听不清楚，十句话听到了三句，其实这三句并非要点，人家讲的主旨你一点也没有听进去，这就不可能把事情办好。再是对别人说的话，一定要听进去，对的不对的都要听，听了以后再辨别。什么叫民主，这就是民主，绝不能道听途说，以假当真，这样非把事情搞砸不可。

色思温。脸色要温和，你一脸怒气冲冲，不论什么事都绷着脸，不苟言笑，让人望而生畏，谁还敢跟你说话，生怕说错了话受指责。要有一点幽默，说一点有趣而意味深长的话，让人放松一点，敢于说话，这才能和衷共济。

貌思恭。容貌态度既要严谨，又要恭敬，不要傲慢，不要武断，以礼待人，上下平等，谦虚谨慎，人家才乐于接受你，和你说话、办事，心情愉快，效率提高。绝不能招之即来，挥之即去，有我无你，甚至谩骂、侮辱别人。

言思忠。说话要忠诚、忠实。古人说："为人谋而不忠乎。"忠诚才能得到别人的信任，不忠诚谁能相信你？谁都不愿意上当受骗。

事思敬。办事要严肃认真，公事公办，不能徇私。你要求人办事，必须敬重人家，不能吆五喝六，随意差遣，每个人都有自己的尊严，你给别人尊严，别人也给你尊严，相向而行！

疑思问。有疑惑不懂的事情要问，不能不懂装懂，似懂非懂。要不耻下问，要向小孩子、渔夫问询，甚至问动物，譬如马，老马识途呀！骄傲使人落后，谦虚使人进步，多向人请教，受益的是自己。

忿思难。遇到什么不顺心的事，生气了，要想发泄了，但必须考虑这样做会产生什么后果。绝不能迁怒，把气出到别人身上，或者嫁祸于人，这都是不道德的。

见得思义。看见了什么可以得到的，要想一想应该不应该得到，即所谓见利思义。

一个人经常想到这些问题，妥善应对，把幼时纯洁的心灵继续下来，这是自爱的一种重要方法；具体说来，这九思可以体现在十个爱、十个不爱上。

爱真诚，不爱虚假；

爱实际，不爱空谈；

爱礼让，不爱傲物；

爱节俭，不爱骄奢；

爱兼听，不爱偏信；

爱明理，不爱偏执；

爱示范，不爱训斥；

爱知足，不爱贪婪；

爱坦荡，不爱藏拙；

爱宽容，不爱纠结。

　　这十爱十不爱，看起来似乎很简单，实际做起来非常难，归根结底，是一个公和私的问题。出以公心，抛弃个人的私心杂念，你的爱心就可以往前跨一大步；舍不得丢掉一点私心杂念，你的爱心就难越雷池一步。私心杂念少一分，爱心就多一分，私心杂念多一分，爱心就少一分。人们不大可能一下子就把这十爱十不爱都做到了，哪怕有三项五项、一项两项做到也很好。人的爱心也不是一下子就能完全具备的，而是有一个循序渐进、日有所进的过程。一个人从小到大，到老，都能拥有爱心，做一个私心杂念少、文明程度高和有爱心的人，说明这个人就进步了。

　　再从年龄段看，各个不同年龄阶段人的性格和爱好也会有所不同。这里提出三戒。

　　一是青少年戒浮躁。青少年，特别是十几岁的未成年人，血气方刚，涉世未深，心气浮躁，自以为是，想这想那，没有定数，这也好，那也好，这也不好，那也不好，究竟哪个好，自己也弄不清楚。现实生活中有的青少年对家庭不满，不服家庭和学校的教导，私自出走的现象也屡见不鲜，弄得家庭和个人都受伤害。

二是成年人戒好色。成年人涉足社会，男女交往，本来很正常，但也往往由于日久相处，会产生一些感情，不是朋友之间的交情，而是变成了一种恋情，由于一时冲动，发生不轨的事也并不少见。尤其现在网络发达，通过各种渠道散布色情的也不少，有的人看了着迷。许多人爱玩游戏，而游戏里也鱼龙混杂，通过游戏交友不慎，甚至因此走入歧图的人也不少。交友、恋爱，以至结婚，是一件严肃的事情，爱自己，就要树立正确的恋爱观。

三是老年人戒贪婪。人老了，人生快要走到尽头了。前途无望了，什么事情都不感兴趣，于是就想到钱。我辛苦一辈子了，现在该享点清福，但是没有钱享不到福，于是想要一点钱，以便改善自己的生活。再说看病也要花钱，还有想进养老院，也要花很多钱。由于想要更多的钱，常常跟家人，特别是子女发生争执，甚至对簿公堂，什么爱都荡然无存。

永远保持美好的心灵，才能永远保持一颗善良的爱心，永葆青春。

（三）五讲四美 古道新风

中华人民共和国宪法明确提倡"爱祖国、爱人民、爱劳动、爱科学、爱社会主义的公德"，这成为全国人民共同遵守的准则。

这里着重讲一下"五讲、四美"。这是我国人民在社会生活中总结出来的社会主义精神文明的行为规范。五讲，就是讲文明，讲礼貌，讲卫生，讲秩序，讲道德；四美，就是心灵美，语言美，行为美，环境美。

先说"五讲"。讲文明，这是对我国历史的传承和发扬。中国是有五千年文化和文明历史的泱泱大国，人们一贯以文明自居，不欺凌弱小，对所有的人一律平等。我们强调行王道，不行霸道，即使强大了也不称霸，我们以理服人，而不是以力服人。以理服人者久，以力服人者暂。使人心服口服，而不是口服心不服。我们不像有些帝国主义国家，凭自己的大炮大船，打破别国的大门，自翊为文明国家，却做出许多侵犯别国主权、掠夺别国财富的不良行为，干涉别国内政，甚至顺我者昌，逆我者亡，出兵毁灭别的国家，结果却是搬起石头砸自己的脚，既伤害了别人，也伤害了自己。

讲礼貌。这是人们日常生活中一件非常大的事情，不仅仅是指一般性的礼貌，而是有一个更大的内涵，就是和谐、和平、相敬、相爱。《论语》上孔子的学生有子说："礼之用，和为贵"，就是这个意思。"小大由之"，大事小事，待人接物，都要不卑不亢，有礼有节，做得恰当。不要傲慢，傲慢伤害人，人家就不爱搭理你，见到你敬而远之，你就成为孤家寡人。也不要过于卑下、过于卑下了，就没有骨头了，逢人只说好的，不说坏的，就可能流于谄媚，为人不齿。礼貌使人温暖，恶语伤人恨不休，人一辈子都忘不了。讲礼貌这件事绝不能小看。

讲卫生。不仅仅限于个人的卫生问题，更大的是环境卫生，防止污染。我们过去对卫生问题不太重视，尤其是饮食居住等方面，吃喝拉撒，很不卫生，特别是农村，随地大小便，乱堆垃圾，这在很大程度影响人们的身体健康。现在政府强调讲卫生，就是要人们注意改变原有的落后的环境。各地政府近年来大抓雾霾防治，防止空气污染，改善医疗卫生条件，搞好垃圾分类等。

讲秩序。就是按照一定的规范生活、工作，保障社会安宁。不以规矩不能成方圆。现在强调法治，一切行动听指挥，都要合理合法，不能政出多门，使人无所适从。人们遵守秩序，不能我行我素，违反公共秩序，给社会治安造成损害。

不仅要遵守国内的法律规定，通行的国际法律也要遵守，譬如绿灯行、红灯停，世界各国各地都是这样的，如果有人想改为红灯行、绿灯停，那就非乱了套不可，还要出人命呢！

讲道德。道德是一种社会意识，是人们共同生活及其行为的准则和规范。道德通过人们的自律或通过一定的舆论，对社会生活起约束作用。中国人向来遵守道德。改革开放以来，更是强调以法治国和以德治国相结合，重视发挥道德的教化作用，引导全社会崇德向善，特别要求领导干部要以德修身，以德立威，以德服众，努力成为全社会的道德模范，重品行、作表率，保持共产党人的高尚品格和廉洁操守，以实际行动带动全社会崇德向善，遵纪守法。

再说"四美"。

心灵美。就是人们内心世界的美，而不仅仅是看外表长得怎么样。要听其言，观其行。这个人长得很美，说得很好，但是他的内心世界怎么样，你不一定知道，所谓知人知面不知心。表面和睦可亲，实际心怀叵测，蛇蝎心肠，做出许多损人利己的事来，甚至犯罪。这是心灵丑，和美不搭界。就连孔子也说，"吾以言取人，失之宰予；心貌取人，失之子羽"。看来只看表面就可能失人。连孔子也觉得不容易呀！

语言美。说话要和气、和善，这体现了一个人的气质和品位。有理不在声高，说话和善，往往事情就办成了一半。别人帮助你，你总得说声谢谢，你碰了别人，总得说一声对不起。

人总希望听到好言好语，有谁愿意碰到一个凶神恶煞、恶言相向的人呢？大人对小孩说话也要和风细雨，不要大声呵斥，把小孩吓跑了。

行为美。就是一举一动，端庄大方，不谄媚，也不高傲，跟人平等相处，和睦相处，多做有益于人的事，谦虚礼让。不要多吃多占，过于精细尖刻。要拿得起，放得下，不要怕吃亏。如果大家都想占便宜，怕吃亏，各不相让，还不打起来呀！与人方便就是自己方便，宽容大度，换位思考，与人为善，行为就美了。

环境美。即四周的环境优美。不论是城市、农村都要有优美的环境。到处都是垃圾成堆，连走路都走不成，还谈得到什么环境美呀！我们到一个地方，无论是城市、乡村，看到高高的蓝天，清清的河水，碧绿的草原，整齐的街道，没有污染，你就会心旷神怡，精神百倍，有益健康，环境美不能小看啦！

有了这五讲四美，人们的心理状态自然就好，爱心油然而生，爱自己，爱他人，整个社会都充满了爱，就像孟子说的那样，能够保四海！

上面所讲到的爱，归根结底就是讲人的一种修养。自爱、爱自己，就是自我修养，修养好，爱就有了，大家都有一颗爱心，世界上的人都有一颗爱心，还会有侵略战争吗？

二　爱家庭

（一）家人相爱　夫妻主导

家庭是以婚姻和血统关系为基础的社会单位。每个人都有一个家庭，每个国家有无数个家庭。家庭是社会的细胞，个人的依托，个人和国家之间的桥梁。古书上把修身、齐家、治国平天下放在一起讲，可见家庭地位的重要。

家庭成员相亲相爱，家庭生活幸福美满，对社会国家起到举足轻重的作用。家庭好，国家才能好，国家好，家庭也才能好，所谓国强民富，真正地体现在一个家庭上。家庭和睦社会就安定，家庭幸福社会就祥和，家庭文明社会就文明。家庭是国家建设顺利发展的重要精神支柱。

进一步说，因为有了家庭，有了夫妻，才能生儿育女，延续后代，发展世界。如果没有家庭，没有夫妻，没有子孙后代，世界上就没有人了，世界也就没有了。这不是一般意义上说的传宗接代，而是社会发展的必然经历。

人们都依恋家庭。每天早晨，我背着书包上学去啦，或者我提着书包上班去啦，傍晚我背着书包放学回家啦，或者提着书包下班回家啦，家里的人欢乐团聚，有一种无比的亲切感和温馨感，这就是天伦之乐。要是我没有家，或者有家归不得，成天在外面漂泊游荡，成为一个流浪者，就会感到孤独、痛苦。每个人对家庭都心向往之，哪一个人不心系家庭呢！

家庭成员一般来说，有父母、子女、兄弟、姊妹、叔伯、姑嫂、妯娌等，过去是大家庭，可能都住在一个大宅院里，现在是小家庭，一些家庭成员自立门户，不住在一起了，但还是家庭的成员、家族的一分子。

一个家庭，上有老，下有小，老人老了，精力不济了，小孩还小，不太懂事，挑起家庭重担的责任就只有落在年轻夫妇身上，夫妻在一个家庭中起着主导作用。

夫妻在家庭中的主导作用主要体现在以下几个关系上：

一是平等关系。现在已经不是过去那种男尊女卑、夫唱妇随的时代，现在是男女平等、相得益彰的时代。家里有事，不是丈夫一个人说了算，而是夫妻两个人共同商量，出主意，想办法，虽然也需要征求别的家庭成员的意见，但关键在于夫妻的主意。夫妻是家庭的顶梁柱，是核心，是关键人物，要不然，七嘴八舌，还能办成事吗！夫妻要具备协调一致的能力和权力，家庭是一个统一体，不是自由市场，需要集中统一，这种集中统一就掌握在夫妻二人手里。

二是担当关系，即所谓有福共享，有难同当。家庭里的事有大有小，有时顺利，有时不顺利，有的家庭生活优裕，有的家庭生活比较困难。每一个家庭都可能由于各种客观原因发生各种变化，无论发生什么变化，都要由大家共同负担，特别是夫妻共同负责，不能推卸自己的责任，夫妻要同甘苦共患难。

家庭和睦，亲切，不在于这个家庭有多少钱，而在于美德。家财万贯，不一定能使这个家庭幸福，还可能生出许多麻烦来。家庭因财产纠纷诉之法庭的事也不少。

三是互谅关系，夫妻意见也不一定完全一致，也会有不一致的地方，这就需要协商。只能以理服人，不能以力服人，互谅互让，理解包容，非常重要。不要为了一点小事吵架，而且不依不挠，不罢不休，甚至谩骂、打斗，搞家庭暴力，甚至闹离婚等。离婚最大的痛苦是子女，"我没有爸爸啦！""我没有妈妈啦！"谁能承受得起？对子女的心理压力很大，影响他们成长。

家庭相爱除了夫妻关系起主导作用以外，其他几种关系也非常重要。

一是兄弟姊妹关系。古代人把兄弟姊妹比作手足。不过你早一点出生，我晚一点出生罢了，其他没有什么不同。兄弟姊妹就像人之有手足一样，是无法区分的。兄弟姊妹们在小时候，一般还能相亲相爱，即使吵闹，一会儿也就好了。可是到长大了，有了思想，本来应该懂事了，有的兄弟姊妹却反而不懂事了，什么爸爸喜欢你，不喜欢我呀！产生了嫉妒心，连对父母也有了意见。什么哥哥占了我的便宜啦，我吃亏啦，那可不成，非得多争一点不可。凡此等等，影响了兄弟姊妹的情谊，不是什么手足之情，而是成为冤家对头啦！其实所谓父母偏爱，吃亏便宜，并不一定真是这样，即使有一点，也要想想自己对父母怎么样，尽到责任了吗。多替人设想，少替自己设想，烦恼就少了。中国的传统观念是大的让一点小的，小的尊重大的，不要斤斤计较，寸步不让。孔融让梨不是多么大的事情，却是体现了一种可贵的精神。

再如姑嫂妯娌关系。这一类家庭成员往往由于各种原因产生隔阂，还影响自己的丈夫或妻子，进而影响家庭，甚至对子女也有影响，本来兄弟姊妹的孩子在一起玩，挺好的，就只由于家庭成员不和，连带把孩子也带进去了，这是非常不值得，非常不必要的。

人们最关心的是婆媳关系。婆媳不和是中国传统家庭不和的一个重要因素。自家的女儿说了一句重话，或者不好听的话，或者和妈妈闹别扭了，母亲可以不在乎，母女二人吵了架，过去了也就算了。婆媳则不然。儿媳说话要小心呀，不能得罪婆婆，得罪了，婆婆放在心里，以后的关系就不好处啦！这中间最犯难的是儿子，母亲本来是爱儿子的，但她和媳妇关系不好，媳妇本来是爱丈夫的，但她与婆婆有嫌，这个儿子夹在中间，就不好办了。他既不能违反母亲的意见，又不能违反媳妇的意见，两头受挤，受夹板气。曾有一家人，就因为婆媳关系不和，媳妇疯了，儿子病了，婆婆也无以为继了，对孩子也无法教育了，结果家破裂了。这恐怕还不是个别的现象！

　　家庭相爱，各方面的关系都要协调好，这个责任义不容辞地落到年轻夫妻的身上。这既是一种权利，也是一种义务。夫妻的主导作用不容推辞，也推辞不了。

（二）父慈子孝　敬老爱幼

父慈才能子孝，古人批评那种父不父、子不子、君不君、臣不臣的局面，哪里还有什么家庭，国家也就快完蛋了。

父母对子女的爱是天生的，发自内心，没有父母不爱子女的。

所谓父慈，不仅仅体现在生活照料方面，更多的是美好心灵的培育方面。《三字经》上说"养不教，父之过"，就是这个意思。这方面的范围包括很广，诸如伦理道德呀，学问知识呀，工作进取呀，结交朋友呀，遵守礼仪呀，等等都是。

对子女的成长要给予引导，子女的优点要给予肯定、发扬，子女的缺点要帮助纠正，子女的合理要求要尽可能给予满足，等等。

首先要教育子女如何做人，然后才是做学问。做好了人，才能做好事，连怎么做人都不知道，还谈什么做事。韩愈称师者，传道、授业、解惑。把传道放在第一位，授业、解惑放在二三位，首先是教你如何做人，然后才教你学习知识，解答疑问。要教育学生忠诚老实，敞开心扉、团结互助，与朋友交要讲信义，工作要勤奋，要遵纪守法等。

古时候，岳飞母亲在岳飞的背上刺上"精忠报国"四个字，岳母对岳飞的慈爱不仅仅是在生活上，更重要的是希望儿子将来能为国效力，做一个对国家有用的人，岳飞之所以能在以后竭尽全力，抗击金兵，有誓死报国的信念和行动，不能不说和他母亲的教育有关。

只有父母慈爱了，孩子才能孝敬，这也是很自然的事，不是谁要谁去孝敬父母。父母对子女有养育之恩，孩子长大了孝顺父母这是顺理成章的事情。

敬老人，送温暖，知恩图报，这是人类的天性，其实不仅人类，动物何尝不是如此，所以有羔羊跪乳、乌鸦反哺的故事，都是对父母的报恩呀！子女对父母的敬爱，不仅表现在物质上，而且表现在精神上。不是我管老人一天三顿饭，我给老人一点零用钱，就算是孝敬老人了，这当然也是，但不全是，老人最需要的是精神上的安慰，譬如谈谈家常事呀，谈谈社会新闻呀，谈一些好事，让老人快乐呀，等等。不要认为老人落伍了，跟不上时代发展了，你跟他（她）谈什么新事，他（她）也听不懂，从而不屑跟他们谈。其实你想一想，世界发展得那么快，你自己也不见得都跟得上，你自己也有许多不懂的事情，即使现在懂，将来也可能不懂，老人与孩子在一起谈谈天，说一些大家都感兴趣的事情，有什么不可以呢？再说，给老人送温暖，也就是给老人送知识，对老人了解新事物，认识新世界，也有好处。其实有些老人也像小孩子似的，你要哄他，他就高兴，不是一天三顿饭就行了，精神食粮比吃饭喝水重要得多。

中国人一贯提倡孝道，有一本叫《孝经》的书，着重记述了孔子关于孝的言论。又有所谓二十四孝的故事。不是叫后代人都那么做，而是一种精神。中国古代讲子女孝顺父母或老人的例子很多，这里可以举出两个非常感人的例子。一个是晋朝的李密，很有学问，晋武帝多次召他任职，他都以祖母年迈多病而推辞。李密自小没有父母，是一个孤儿，是祖母把他带大的，晋武帝召他做官时，他谢绝了，他在他上书的《陈情表》中说："祖母刘今年九十有六，是臣尽节于陛下之日长，报养刘之日短也。乌鸟私情，愿乞终养。"李密的拳拳之心，催人泪下。又如三国时魏国名臣司马芝，少为书生，一次为了躲避战乱，带着老母亲避难，同行者大多抛弃老人走了，只有他独自守候着老母亲。贼人来了，把刀架着司马芝，说你为什么不走？司马芝说："母亲老了，我要陪她。"贼人见此情状说："这是一个孝子，杀之不义。"于是就放了他，司马芝得以用鹿车载着母亲走了，他们居住在南方十余年，靠种田为生过了一辈子。

有一首当代的流行歌曲，大概是一位刚有点懂事的女孩子唱的："我希望我永远也不要长大，我希望爸爸妈妈永远不老"。多么纯洁的歌词，多么良好的愿望呀，听了不禁令人震颤。但那是不可能的。孩子们要渐渐长大，而爸爸妈妈也要渐渐衰老，这是客观规律，有什么办法可以阻挡这种改变呢？没有，没有任何办法可以改变。做父母的也许会觉得，只要孩子们有这一点心意，我们就足够了。

在现实生活中，常常发生父母和子女的纠纷，有不少是为了分遗产，父母和子女发生争执。子女说老人分财产不公平，把老人告上法庭；老人说某个子女不善待我，到分财产了才来找我，双方各执一词，还真是清官难断家务事。这样的官司，即使谁打赢了，又怎能挽回家庭的亲情？希望这类官司越少越好。

现在有些家庭，儿子是小皇帝，女儿是公主。过去父母是家长，现在儿子女儿说了算。父母亲吃点亏可以，儿子女儿可不能吃亏，整个家庭父母子女的地位倒过来了。孩子还小，这是溺爱，难道是要让懂事的父母照不懂事的子女的意志去做吗，这不乱了套！有些家长对子女的爱，可以说是无微不至，孩子要什么给什么，父母成为孩子的保姆、奴仆，这样容易造成孩子的骄惯，在幼小的心灵中滋长一种娇气，唯我独尊，别人碰不得，这对孩子以后的成长是不利的，但这几乎已成为一些家庭的普遍现象。古时的有识之士对家庭教育也十分重视，有许多名言值得人们关注。颜之推关于家庭教育的一番言论，很发人深思。他说："吾见世间无教而有爱，每不能然（不以为然）。饮食运为（饮食运作）姿其所欲，宜诫翻奖（本来应该训诫的反而奖励），应呵反笑（本来应该呵责的反而欢笑），至有知识，谓法当尔（到孩子有了点知识，就认为理应如此，意思是不需要教育，孩子到时候就会懂事）。骄慢已习，方复制之（等到养成了骄慢的习惯再去制止），捶挞至死而无威（把孩子打死了也无济于事），忿怒日隆而增怨，逮于成长，终为败德。"小时候一味溺爱，长大了不成器，沾染了恶习，要改就难，这时候父母气急败坏，再教训也已经晚了。还是孔子说的那句话："少成若天性，习惯如自然。"颜之推又说："父子之严，不可以狎（亲近而态度不庄重），骨肉之爱，不可以简（怠慢）。简则慈孝不接（不会合），狎则怠慢生焉。"真是说到了点子上。

清代学者王应彬对家庭教育的议论也是一针见血。他在《围炉夜话》中说："每见待子弟严厉者，易至成德；姑息者，多有败行，则父兄之教育所系也。又见有子弟聪颖者，忽入下流；庸愚者，转为上达，则父兄之培所关也。人品之不高，总为一利字看不破；学业之不进，总为一懒字丢不开。"又说："子弟天性未漓（污染），教易入也，则体孔子之言劳之（孔子：爱之能勿劳乎），勿溺爱以长其自肆之心。子弟习气已坏，教难行也，则守孟子之言以养之（中也养不中，才也养不才），勿轻弃以绝其自新之路。""与其为子孙谋产业，不如教子孙习恒业（恒久谋生的能力）。""纵容子孙偷安，其后必至耽酒而败门庭，专教子孙谋利，其后必至争货财而伤骨肉。"

不要以为那都是古时候的人说的话，现在时代不同了，这些话不适用了，不，绝对不是，时代再不同，家庭教育的基本原理，古今如一！

（三）良好家风　做出表率

一个和睦的相亲相爱的家庭，必然会有一个良好的家风，也就是规矩、规则、规范，家长要以身作则，做出表率。

良好的家风，要从父母对子女的教育做起，父母是子女最早的老师。父母和子女接触最多，最直接，子女们成长耳濡目染，父母的一举一动，子女们都看在眼里，记在心里，时常模仿。父母应该成为子女的模范，父母对子女有利的事才做，对子女不利的事不做，父母要鼓励子女努力学习，多做好事，不做坏事，从小就培养子女良好的习惯。需知少小不努力，老大徒伤悲，子女长大了不成才，父母家庭教育也有责任呀！

古人对家庭教育，树立良好家风，也十分重视，在这方面有很多论述，这些论述着重指出，父母必须把爱和教育结合起来，切忌有爱而无教，有爱无教育就变成了溺爱，实际这不是爱孩子，而是害了孩子。

树立良好家风，首先要意识到家庭成员虽然有辈分之分，但是从人格上讲，大家都是平等的，不能说长辈都对，小辈都错，或者小辈都对，长辈都错，而是对就是对，错就是错，不要以对为错，以错为对，颠倒是非，混淆黑白。家庭成员不论是谁犯了错误，都可以对他做出善意的批评，如果犯了罪，不能包庇，应该按照国纪国法处理，在这里不能有一点私心，所谓法律面前人人平等，家里人也都是平等的，出现了纠纷要秉公处理。

家庭人员一律平等，切不能偏袒哪一方，有的家庭成员不和，往往是因为父母偏袒一方，令另一方不满，发生纠纷。这类情况不是少数，结果是弄巧成拙，大家遭殃。春秋战国时期的郑庄公因为母亲偏爱庄公的弟弟引起庄公不满，竟至说出与母亲"不及黄泉毋相见也"的绝话，虽然最后听了别人的意见做了弥补，但是偏爱会引起大的失误，足资教训。

也不要互相猜忌，没有的事说成有，添油加醋，小说成大，无说成有，唯恐天下不乱，结果不是乱了别人，而是乱了自己，这类事情也还不少。不要总是想着别人妒忌我，对我不好，其实完全是捕风捉影，没有的事。

不要泄私愤，迁怒于人，这都是私字在作怪，谁是谁非都是自己负责，谁也不对别人负责。不要怄气，把自己所受的气出到无关人身上，冤枉委屈人，所谓欲加之罪何患无辞。这对家庭对个人都有害无益。

在现实生活中，家庭人员为了争夺财产而闹纠纷的事不少，兄弟阋墙，甚至儿子把父母告上法庭，说是分遗产不公平。其实世界上哪有绝对的公平，公平也只是相对说的。为了一间房子，半间房子，甚至告到法庭上，即使争取到了，多得了一点房子，换了一间大一点的房子，又如何能忘记在法庭上争得面红耳赤的尴尬情景，挽回原有的亲情？

不要搞体罚，体罚实际是一种暴政，长辈不能对小辈搞体罚，过去说棒头里出孝子，不对了，棒头里可能出逆子！只能说服，不能压服。

夫妻也不能搞家暴。不是你打我，就是我打你，过去似乎是男的打女的多，现在女人打男的也不少。打得对方遍体鳞伤，鼻青脸肿，甚至把牙齿都打下来了，这种现象受到人们的普遍谴责，这不仅仅是家庭的事，而是违反了法律，侵犯了人权，危害社会。

家庭成员要相互体贴，换位思考，增加共识，许多事情不要只从眼前考虑，要多从长远着想，所谓风物长宜放眼量！有不同意见，大家坐下来一起商量，变不同为相同，有了共同语言，事情总能得到妥善处理，不要坚持己见，各不相让，好事也会被搞砸。有所谓"和而不同"，即使意见不同，也可以和睦相处呀！

孔子说："奢则不逊，俭则固。"古人主张父母对于子女"施而不奢，俭而不吝"。对孩子是要给予的，但绝不要奢华；俭朴而不吝惜，过过艰苦的日子才觉得舒适日子的可贵，来之不易。中华人民共和国成立初期，毛主席曾号令全国的城市青年干部都要上山下乡，到农村去锻炼，主要就是要让年轻人知道艰苦。有些人在城市长大的，成天吃大米、白面，穿绸缎衣服，却不知道这些大米、白面、绸缎衣服是怎么来的。爱吃西瓜，有的孩子问：西瓜是长在树上的吗？稻麦棉花何时栽种，何时收获，不得而知，却还看不起农民、农村，好像自己多么了不起似的，实际自己什么也不懂，结果必然是城乡分隔，阶级差别越来越大。毛主席号召大家要向农民学习，就是要学习农民的勤劳朴实、努力耕作的一面。我自己就有这样的体会。我生长在大城市，真的不知道大米白面是怎么生长出来的，只知道这种大米好吃，那种大米不好吃，对农村和农民一无所知，等到我下放农村，亲自看到农民的勤劳，才有了切身的体会，原来自以为了不起，其实一到农村，你什么也不会，一弯腰就觉得腰酸背痛，而农民却耐心地教导你，我打从心眼里觉得惭愧，这对我今后树立正确的人生观，改变我的世界观，起到了很大的作用。

父母不要过多地去干涉子女的正常生活，不尊重子女的正常活动，子女学习好就一好百好，子女学习稍差就讥讽、打骂、责备、体罚，这很容易引起子女的反感，徒劳无功。有的父母硬要子女学这学那，子女嗓子不好，非要叫他（她）去学声乐；子女手指不灵，非要叫他去学弹琴；子女喜欢文艺，父母非要他去学理工；子女喜欢科学，非要他去学文学，把子女看作自己。有的甚至把子女当摇钱树。父母只能帮助子女，不能代替子女呀！

父母尤其不要干涉子女的婚姻。子女爱的人，父母却嫌这嫌那，不让结合，甚至破坏。舐犊情深，父母和子女应该是平等的，而不能像封建时代那样，父要子死，子不得不死。

良好的家风，主要由自家人作出表率，自己家里的事自家人来承担，别人不能插手呀，一是因为别人不了解你家的情况，只是看到一点表面现象，难以深入探索你们家庭问题的实质，所提意见也只是隔靴骚痒，解决不了问题，弄不好还有偏袒，反而增加了矛盾，所以一般人们不愿意插手别人的家务事，自家的事由自家承担，别人不能代替。良风家风，涉及世代。

赵朴初先生写的一首《宽心谣》，录此供参考。

宽心谣

——赵朴初先生 92 岁时作

日出东海落西山

愁也一天　喜也一天

与事不钻牛角尖

人也舒坦　心也舒坦

每月领取养老钱

多也喜欢　少也喜欢

少荤多素日三餐

粗也香甜　细也香甜

新旧衣服不挑拣

好也御寒　赖也御寒

常与知己聊聊天

古也谈谈　今也谈谈

内孙外孙同样看

儿也心欢　女也心欢

全家老少互慰勉

贫也相安　富也相安

早晚操劳勤锻炼

忙也乐观　闲也乐观

心宽体健养天年

不是神仙　胜似神仙

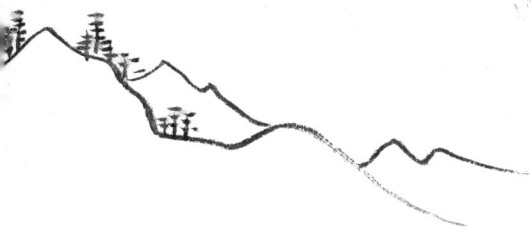

三　爱祖国

（一）国家民族　我的至爱

　　每个人都有自己的国家，都有自己的民族。祖国是生我养我的地方，即使远隔万水千山，每个人都知道自己是哪个国家的人，知道他的父亲、母亲、祖父母、外祖父母，甚至曾祖父母是哪个国家出身长大的。我国有 56 个民族，每个人都是这 56 个民族大家庭一个成员。现在有许多海外侨胞，常常回到祖国来寻根问祖，看看自己的老家是什么样的。有的人老了，叫子女把自己死后的骨灰匣带回祖国埋在自己的家乡，叫作叶落归根。悠悠赤子心，难忘祖国情。祖国对我们每一个人都恩重如山。但是也有人对自己的祖国在哪里感到茫然，使他难以处理，那就是处在殖民地或半殖民地状态的人民，当这些人到国外去打拼，需要填写自己的国籍时，竟不知道自己的国籍应该怎么填。最突出的例子要算是电影演员成龙的一次经历。成龙出生在香港，当时香港还被英国殖民主义者统治。他还很年轻的时候，一次他去美国，入境时在被要求填写国籍时竟然觉得非常困难。写中国吧，中国当时还管理不了香港；写香港吧，香港不是一个国家；写英国吧，那更是胡扯，我是黑头发、黄皮肤，是什么英国人？成龙对这件事的描述，使人看了既悲痛，又气愤，一个地地道道的中国人竟无法光明磊落地填写自己是中国人。

人们通常把祖国和母亲联起来，说成祖国母亲，因为没有祖国就是没有母亲，我是祖国铁定的一分子，无数个我组成了我的祖国，我不能没有祖国母亲，祖国母亲也不能没有我。这是一个自然的逻辑关系，不容有丝毫的争辩。也有一些中国人由于种种原因入了外国籍，这很正常。但是即使这些人入了外国籍，他也只能说这是我的第二故乡，我是华裔，我的祖国仍然是中国。有些已经入了外国国籍的人年纪大了，仍然回到祖国来定居，祖国母亲的号召力大呀！

为什么人们都热爱祖国母亲呢？因为祖国母亲可爱！我们中国有五千年的文化史和文明史。

我们中国是世界上最古老、最伟大的文明国家之一。看看世界几千年前，有所谓的玛雅文明，巴比伦王国、波斯帝国、古埃及文化、古希腊文化、古罗马文化、古印度文化等，而现在怎么样了呢？那些曾经光辉照耀显赫一时的文明，有的早已湮灭，只留下一些供人探究的遗物和遗迹；有的也雄风不再。而我们中国在历经磨难之后，仍然顶天立地，巍然屹于世界的东方，在纷繁复杂的地球上散发出光和热，起到举足轻重的作用，怎不令人肃然起敬！

你是哪一国人，不能由你自己选择，完全是命运的安排。假设我生在阿富汗、叙利亚，或者非洲的某个角落，长年累月地打仗，互相残杀，成天的血肉横飞，求生不得，今天活着，明天还不知道有没有我呢，甚至现在活着，一会儿就不存在了，死神随时会降临到你的头上，人们连生存都无法保障，何谈国家的繁荣壮大。

假设我生长在一个贫穷落后的国家，我衣不蔽体，食不裹腹，无以为生，想到别国去避难，做所谓的移民，但有哪个国家愿意接待我呢？有的国家虽然富有，号称民主，但却处处设卡，防止移民入境，甚至要设立一堵边境墙，宁愿花几亿几十亿美元建一堵墙，也不愿去救济遭受苦难的人群。我和大家同样是人，而我却没有一个藏身之地，我的心情会是怎样，不言而喻呀！

又假设我们中国人回到一百多年以前，我生长在一个殖民地半殖民地的旧中国，我们什么也没有，不要说什么科学技术，连小小的火柴都不会生产，只有从外国进口，统称"洋火"，什么都得仰人鼻息呀！我们国家有的土地被迫割让，帝国主义列强凭借他们的武力，借口通商，侵占我国的土地，在我们国家设立租界，在租界内主管我国人民的一切事务，红头阿三（印度巡捕），他自己的国家正在被外国蹂躏，而他在中国却可以随时随地殴打中国人，成为一条走狗。中国的街道用了许多外国侵略者的名字，什么亚尔培路呀，霞飞路呀，福开森路呀，福煦路呀，等等，好像中国就是他们的国家，他们可以在中国的土地上肆意妄为。外国人在中国贩卖鸦片，在精神上毒害中国人，据称当时中国人染上烟瘾的有四千万人，占全国四亿人口的十分之一。外国人在中国趾高气扬，而中国人则垂头丧气，遭到凌辱，国将不国。

睡狮已经醒了，中国人现在站起来了，中国人可以理直气壮地称我来自中国，我是中国人。

年轻人或许对此不以为意，"这不是很自然的事吗？有什么好大惊小怪的？"可是你要知道中国这个名称来之不易呀！如果你看到我国解放前受压迫受欺凌的情景，你的肺都要气炸啦！我们新中国是从推翻封建王朝的残酷剥削压迫下得来的，是从打碎帝国主义列强的无情炮火下得来的，是从旧中国军阀互斗四分五裂的状态下得来的，是靠全国的仁人志士浴血奋斗下得来的，是靠共产党的领导得来的，没有这，我们要像今天这样做一个堂堂的中国人想也不要想，一切都免谈。一句话，我们是踏在前人肩膀上才有了今天的一切，这个前人就是我们伟大的祖国母亲。

如果没有祖国母亲给你哺乳，给你营养，给你教育，你一天也活不成。今天我们有了良好的生活环境，国家建设蒸蒸日上，我们可以呼吸自由的空气，每一个人都在憧憬自己美好的未来，国家实行改革开放的政策，给你充分发挥自己才智的机会，享受所有的一切，而这一切正是伟大祖国母亲赏赐给你的。我们应该有多大的责任和勇气来保卫我们的祖国母亲呀！写到这里，忽然想起 20 世纪 50 年代著名军旅作家魏巍写的《谁是最可爱的人》一篇文章，文章记述了我国志愿军在抗美援朝那种极端艰苦、残酷、英勇、顽强的战斗中所做出的牺牲，不就是那些"兵"吗？"他们的品质是那样的纯洁和高尚，他们的意志是那样的坚韧和刚强，他们的气质是那样的淳朴和谦逊，他们的胸怀是那样的美丽和宽广！"文章的最后一段说："亲爱的朋友们，当你坐上早晨第一列电车走向工厂的时候，当你扛上犁耙走向田野的时候，当你喝完一杯豆浆提着书包走向学校的时候，当你安安静静坐到办公桌前计划这一天工作的时候，当你向孩子嘴里塞着苹果的时候，当你和爱人悠闲散步的时候，朋友，你是否意识到你是在幸福之中呢？你也许很惊讶地看我，这是很平常的呀！可是，从朝鲜归来的人，会知道你正生活在幸福中。请你们意识到这是一种幸福！因为只有你意识到这一点，才能更深刻了解我们的战士在朝鲜奋不顾身的原因。朋友！你已经知道了爱我们的祖国，爱我们的领袖，请再深深地爱我们的战士吧，他们确实是我们最可爱的人。"

长江、黄河，被称为中华民族的母亲河，因为这两条河源远流长，是与中国人民世世代代繁衍生长，生生不息，紧密相关的。没有这两条河流，可能就没有现代这样的中国。一想到伟大祖国，就会想到长江、黄河，一看到长江、黄河，就会想起伟大祖国母亲，这恐怕就是伟大祖国母亲这个称呼的由来吧！

当我途经南京、武汉，跨过巍峨的长江大桥时，立刻就想起毛泽东写的"一桥飞架南北，天堑变通途"的豪言诗句，令人折服。我看到了黄河的壶口瀑布，奔腾直泻，气势雄伟，令人神往。在兰州，我看到黄河边上矗立着一位母亲抱着婴儿喂乳的巨幅雕塑，那诩诩如生的形象，使我情不自禁地驻足良久，流连忘返，这都是伟大祖国母亲的鲜明象征，令人陶醉。最近全长25公里的粤港澳大桥全线通车，更让人感到祖国的伟大。

伟大祖国母亲使我们浮想联翩。想到了我们都是遥远年代的炎黄子孙，想到了祖国五千年来的文化和文明，想到了我们祖国辽阔的疆土——东、西、南、北、中、高山、平原、大江、大河，想到了我们的国家曾经有过的辉煌和挫折，想到了现在的光辉亮丽，一幕一幕像电影一样在我的眼前驶过，令人神往。

中华人民共和国已成立七十二年，七十二年在岁月的长河中只是短短的一瞬间，一晃就过去了，但我们国家在中国共产党的领导下却作出了许多辉煌的事业，首先是我们站起来了，不仅仅是身躯站起来了，而且是我们的意志站起来了，我们能够理直气壮地说话了，而不是卑躬屈膝地听命于人了。这说起来不难，做起来却不容易！许多仁人志士为此奋斗了一生，而自己却没有得到丝毫的享受。我国人民的生活逐渐改善了，我们现在已经是世界上第二大经济体。我们在政治上实现了前所未有的统一，统一号令，统一执行，令行禁止，不再是政出多门、四分五裂了。我们在科学技术上也有了长足的进步，我们已经能够放出嫦娥卫星上天揽月，发射卫星到月球的背面去一见真容。我国的文化教育也有了很大的提高，很多祖祖辈辈在农村里种田的老农，现在他们的子女可以上大学啦！所有这一切难道是假的吗？是骗人的吗？不，他们是活生生的事实，他们是千真万确的。

但是任何事物在前进中都有不足，都会有缺点错误。我们是在做前人从未做过的伟大事业。我们是人，不是神仙，我们在前进道路上必定会有缺点和错误，这是无庸讳言的。

问题不是有没有缺点错误，而是对缺点错误的态度。我们党十分重视工作中存在的问题、缺点和错误，不断地在研究、纠正，吸取经验教训，不是坚持错误，或者在缺点错误中灰心丧气，而是改正错误，仍然奋勇前进，这是需要有很大勇气和毅力的。难道我们要求我们的事业永远不犯错误，永远一帆风顺，永远正确？这不可能，也不现实。任何人都不可能不犯错误，永远正确。不要被那些歪风邪气吓倒了，终究魔高一尺、道高一丈，谁怕谁呀！

国家与个人的关系，应该毫不犹豫地个人服从国家，小局服从大局，部分服从全体；但也并不是不顾个人的利益，不顾小局，不顾部分，而是要有一个先后次序。绝对不能搞个人自由主义，把个人利益、小局、部分放在国家、大局、全体之上。没有国家就没有个人，没有大局也就没有小局，没有全体也就没有部分，这是不言而喻的，你连国籍都没有，还有什么个人！

这里要特别强调青年人的国家意识。著名的五四青年节已经100周年了，五四运动的核心是爱国主义精神，谁能赏赐给我们一个光明的中国，没有别人，只有我们自己，奋斗是青年人最亮的底色，现在我们的生活条件好了，但奋斗精神一点也不能少，前进的道路不会一帆风顺，强者总是从挫折中不断奋斗，永不气馁。

前不久中共中央和国务院印发了《新时代爱国主义教育实施纲要》（以下简称《纲要》，并发出通知，要求各地区各部门结合实际，认真贯彻落实。《纲要》提出新时代爱国主义教育要面向全体人民，聚焦青少年。强调坚持以维护祖国统一和民族团结为着力点，要用新时代中国特色社会主义思想武装全党。爱国主义是中华民族的民族心、民族魂，是中华民族最重要的精神财富，是中国人民和中华民族维护民族独立和民族尊严的强大精神动力；而中国共产党则是爱国主义精神最坚定的弘扬者和实践者。新时代加强爱国主义教育，对于振奋民族精神，凝聚全民族力量，决胜全面建成小康社会，夺取新时代中国特色社会主义伟大胜利，实现中华民族伟大复兴的中国梦，具有重大而深远的意义。

（二）当官为民　官民同乐

官产生于民，没有民哪有官，官本来就是民，难道他一旦当了官就不是民了吗？不能呀！当了官更应当是民，为民呀，更应当知道民需要什么，民在想什么，民赞成什么，民反对什么，为民办实事，这样民把你推出来才是值得的。古人把当官者称为父母官，官就是人民的父母，哪有父母不替子女办事的，哪有父母不爱子女的，当官的要爱惜这个"父母官"的名称，不要辜负了这个名称，一心一意、全心全意为着人民呀！

官与民是唇齿相依的关系，嘴唇是保护牙齿的，所谓唇亡齿寒，没有了嘴唇，牙齿就会觉得寒冷；没有牙齿，嘴唇有什么用？一物总有一物的用处，而且总是利害相关，互相依存的。做官的没有了老百姓，你一天到晚干什么？无所事事，享清福吗？做官绝不是享清福，而是公务缠身，十分繁忙的。老百姓的事无小事，你觉得是小事，他觉得是大事，小事要把它当作大事来办，不能熟视无睹，糊涂官判糊涂事，甚至颠倒是非，把事情办砸了，冤枉好人，保护坏人，办了许多冤假错案，那更是犯罪啦！

当官的尤其不能怕得罪人，谁家有权有势就帮谁家说话。还有所谓裙带风，走内线，托人情等，都是当官者的大忌。当官者更不能与民争利。你有权有势，老百姓争不过你。但是你失去的比得到的要多得多，你失去了人心，你还有什么！得民心者得天下，失民心者失天下，古今中外，概莫能外，历史书上写着呐，大家去看一下就明白了。

这是因为一个国家是由千千万万上亿的人民构成的，没有人民哪有国家，所以必须顺应民心，国家才能安宁。民心不顺，国家还能安宁吗？过去所谓得民心，就是现在所谓的"民主"，顺应民心和实行民主实际是一个意思。一个国家的领导人最要紧的就是需要知道老百姓在想什么，要什么。如果你不了解，不理解老百姓在想什么，要什么，而只顾自己想什么，要什么，与民心背道而驰，你的所作所为损害人民的利益，人民就要起来造反，国家就不得安宁。

不要小看了人民的力量，人民不满现状，起来造反，开始时力量比较薄弱，无法与国家的兵力相抗衡，但是因为得到人民的普遍同情和支持，即所谓得道多助，失道寡助，力量对比就能发生逆转，这就是小米加步枪能打倒几百万大军的道理。所以国家要想能够长治久安，顺民心是第一要义，背民心只能苟且偷安，终至危殆不保。

顺民心，说起来好说，做起来却并不容易，因为人民的要求并不完全一样，有的要求高，有的要求低，不可能是千人一面、千人一求呀！顺民心是一件非常难"讨好"的事情，但是其实说难也并不难，老百姓的基本要求也就是这些，米缸里要有米，菜篮子里要有菜，孩子们要上学，有病能就医，生活得到安宁，这是最基本的要求，你能满足这些最基本的要求，老百姓能顺顺当当的过日子，谁会起来造反呀！

这个道理古时候的有些君王不是不懂，而他们就是不做。只自己独乐，哪管他人挨饿受冻。所以孟子见梁惠王时就一针见血地说：你是要独乐，还是想和大家一起快乐呢？提出要"与民偕乐"，否则就会"与民偕亡"，这个问题既严肃，又是非常重要的。当官为民，官民同乐，阳光雨露，普晒人间。

历史发展到20世纪，共产党领导建立了新中国，深知顺民心的道理，制定了总路线，提出了为人民服务的行动纲领，指明了施政的方向，国家的前途，并且及时进行改革，兴利除弊，扩大开放。提出了12个词、24个字的社会主义核心价值观，即"富强、民主、文明、和谐、自由、平等、公正、法治、爱国、敬业、诚信、友善"。这是我国社会主义的核心价值观，也是每一个人必须具备的人生观、世界观，是需要我们共同遵守的道德准则，是放之四海而皆准的。现在大家都在做中国梦，即中国人民的大梦。多少事，从来急，一万年太久，只争朝夕，现在全国人民正意气风发为争取早日实现中华民族伟大复兴而努力奋斗，坚持不懈。

当官者要经常访贫问苦，帮助群众解决生活、生产上的困难。现在党中央提出脱贫，精准扶贫。这是关爱贫困人民的一件特大事情，到2020年底，我国扶贫攻坚战已经取得了决定性胜利，这是一件极大的德政，将载入史册。

要正确对待个人和国家的关系。首先要认识到我是国家的一员，没有国家就没有我。不要只问国家对我如何？要问一下我对国家做了多少。国家兴亡，匹夫有责。正像范仲俺说的那句名言："先天下之忧而忧，后天下之乐而乐"，以天下之安危为己任。那种宽阔的胸怀、为国效力的崇高思想品质，怎不令人敬佩！

兰考县委书记焦裕禄带领全县干部群众与内涝、风沙、盐碱做斗争，大量种植泡桐树，使兰考面貌有了很大改变，虽身患癌症，仍坚持工作，被群众称为党的好干部。

孔繁森，曾先后两次赴西藏工作，历时十年。他在阿里等一些基层地区工作，勤政爱民，为民众办了不少好事，被国务院授予"全国民族团结进步模范"和"全国先进工作者"。

雷锋，热心公益事业，乐于助人，关怀少年儿童，做出模范，因公殉职。他所在的部队被国防部命名为"雷锋班"，毛泽东亲笔题词"向雷锋同志学习"。周恩来题词"学习雷锋同志爱憎分明的阶级立场，言行一致的革命精神，公而忘私的共产主义风格，奋不顾身的无产阶级斗志"。

四川省木里县森林大火，当地消防队出动大批消防员和消防车，还有现场民众，奋力抢救，不顾生命安危，投入火海，抢救出不少生命财产，有的消防员在灭火中壮烈牺牲，国家授予 30 人为烈士。在追悼大会的挽联上写着："竭诚为民，赴汤滔火，英雄肝胆映山河；对党忠诚，献身使命，赤子丹心照日月"。

这样的官，这样的干部、职工，才是真正的人民的官，人民的父母。

不是随便什么人都能当官的，要具备一定的品德和能力，就是德才兼备，以德为主。光有德，没有才，做不好工作；光有才，没有德，更是把事治坏了。有的人当了官，不办事，终将被人民唾弃。有的人当了官，只想保持自己的饭碗，无所事事，庸庸碌碌，要这种官有什么用？

孟子曾经说：民为贵，君为轻。君就是指领导吧。其实，民固然是贵的，但君（领导）也并不见得就轻。领导日理万机，任务很重，担子不轻呀。领导为群众办好事，办实事，群众得到实实在在的好处，就会拥护领导，尊重领导，领导自然而然地就尊贵了。领导的尊贵是人民群众给的，不是自封的。领导者不要自以为很尊贵，你不替群众办事，群众对你有意见，你就不尊贵了，所以领导者要尊贵，必须为人民办事呀！孟子所说的民为贵，君为轻，恐怕主要还是从两者的地位而言，不要以为君就是高贵，民就是低贱，恰恰相反，还可能是民尊贵而君低贱呢，君和民虽然地位不同，但在人格上是相同的，没有高低、贵贱、轻重之分。

一场突如其来的新冠疫情突袭武汉，党中央一开始就十分重视这场疫情的抗控工作，多次开会研究抗疫对策，提出要把这次抗疫当作一次重大的战役来打，动员全国人民奋起打一场总体战、阻击战。

中央一声令下，全国人民立即行动起来，尤其是各医院的白衣天使更是义不容辞，还有各行各业各条战线上许许多多的志愿人员，克服各种困难，奔赴武汉、湖北抗疫第一线，全身心地投入抗疫斗争中去。他（她）们中有的因为与病人接触，或者因为工作过于辛劳导致自己也得了病，甚至牺牲了自己的生命。由于全国人民全力以赴，这场战役在比较短的时间内取得了决定性胜利，党中央还专门召开全国表彰大会，表彰了这次战役中做出贡献的战士。这场战斗充分显示了党中央和白衣天使们爱民如子的赤子之心，是我国人民最宝贵的精神财富，受到全国人民的爱戴和世界人民的尊敬。

忽然想起了当代一位著名作曲家乔羽作词的《我的祖国》一首歌，我翻了一下储存的歌曲唱片，又多次听了这首歌，心情无比地激动。我们把这首歌的歌词记录于下，与和我们有同感的人共享。

一条大河波浪宽，风吹稻花香两岸，我家就在岸上住，听惯了艄公的号子，看惯了船上的白帆。

姑娘好像花儿一样，小伙儿心胸多宽广，

为了开辟新天地，唤醒了沉睡的高山，让那河流改变了模样，

这是美丽的祖国，是我生长的地方。

在这片辽阔的土地上，到处都有明媚的风光，

好山好水好地方，条条大道都宽畅。

朋友来了有好酒，若是那豺狼来了，迎接它的有猎枪，

这是英雄的祖国，是我生长的地方，在这片古老的土地上，到处都有青春的力量，

好山好水好地方，条条大路都宽畅，

朋友来了有好酒，若是那豺狼来了，迎接它的有猎枪，

这是强大的祖国，是我生长的地方，

在这片温暖的土地上，到处都有灿烂的阳光。

（三）遵纪守法　步调一致

　　我国历来强调以德治国就是传统意义上的仁、义、礼、智、信等方面，但是光靠德还不够，必须依靠法，就是德法兼治。我国早在春秋战国时期就已经有了法治的观念和学识，形成一个学派，就是法家，主要人物有管仲、子产、李悝、商鞅、慎到、申不害、韩非等人。

　　依法治国是和依人治国相对而言的。依人治国，凭自己一个人的意见来治理国家，往往是靠不住的。因为个人的意见有对有错，带有很大的主观性、随意性；而依法治国则不然。法律是一种规范，一种条例，大家都要遵守。法律面前人人平等，春秋战国时期著名法家管仲就把法治提到依法治国的高度，他的这种理念比古希腊哲学家柏拉图的《理想国》和亚里士多德的著作要早出三四百年，是世界上最早期的法学理论著作和实践活动。

　　大家有了同一的法规，遵守同一个法纪，行动步调就能统一整齐了，不会莫衷一是，不知道听谁的好这种尴尬局面了。

令行禁止。有了命令，就要实行，禁止的事，就要停办，这是法治制度的基本原则。有了命令不执行，上面的命令还怎么推行；有了禁令不执行，天下不就乱了呀！这是实行法治制度的硬规定，必须坚持。

法治的一个特点就是所有的人，不管官大官小，穷人富人，皇亲国戚，一视同仁，谁犯了法也不能推卸责任。法家韩非就说："法不阿贵"，"法之所加，智者弗（勿）能辞，勇者弗敢争。刑过不避大臣，赏善不遗匹夫"。这与过去的"刑不上大夫"，或者一人犯法牵连全家的人治制度完全相反，谁也不敢犯法了。

公、检、法是具体执行法治的政府机构。公就是公安部门，检就是检察机关，法就是具体审判依法治罪部门。按照现在通行的办法，公、检、法独立执行自己的任务，不受任何行政部门的牵制，所以公、检、法部门的人必须是原则性极强、不徇私、不徇情、不贪渎、不偏倚，极端公正的人才能担当，具有极大的威严，有谁敢去以身试法呀！要使依法治国达到科学化、制度化、规范化。

有了德治，又有法治，德法兼治，这个国家的治理就更加有效了。

有的官吏由于私欲太重，或者权力太大，肆意妄为，出现贪污、腐败的现象。这种现象如果多了，就成为一种风气，危害人民，为人民所痛恨。所以国家在一定时期要进行整风，整顿贪污腐化现象，新中国也已经整了好几次风，惩治了不少贪官污吏。这种惩治，不光是靠一次、两次整风运动，而是发现了就要整，随时发现，随时处理整顿。老百姓可以根据发现的情况，向公检法部门进行举报。犯罪分子必须依法认罪，不能推脱。有的犯罪分子逃到国外，我们国家也依照国际法联系别的国家，把罪犯追回来，让犯罪分子无法逃脱。诚为宋朝大政治家范仲俺在一篇文章中说的要使"贪夫廉，懦夫立"，也就是使贪者变得廉洁，懦者变得坚强，使一些人不敢贪，不想贪，只有这样才能确保人民群众的利益，使人民得到安全保障，把国家治理好。

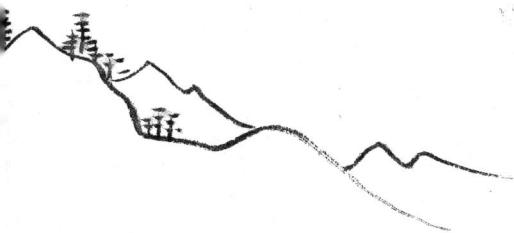

四 爱朋友

（一）友爱之道　　贵在真诚

人生在世需要交朋友呀！俗话说：在家靠父母，出外靠朋友。没有朋友，孤苦伶仃，孤立无援。

孔子说："有朋友自远方来，不亦乐乎！"孔子非常喜欢交朋友，他是深知朋友的可贵和必不可少的。

什么是交友之道？万章问孟子这个问题，孟子的回答是："不挟（依仗）长（年长），不挟贵，不挟兄弟而友。友也者，友其德也，不可以有挟也。"这段话对交友之道说得很概括，也很真切。交友不要挟持什么呀！交友贵在交心，贵在真诚坦率，其他还有什么呢？没有什么了。清学者王永彬在他的《围炉夜话》中说："敬他人，即是敬自己；靠自己，胜于靠他人。"真是一针见血之谈。

朋友关系是完全平等的。朋友没有上下、老幼、贵贱之分。绝不能倚老卖老，似乎老年人的学问就高，年轻人的学问就低，完全不是这样，年轻人比老年人学问高的有的是。尤其是科学技术突飞猛进的当代，年轻人学得快，掌握科学技术比老年人要快要好，有什么理由说老年人比年轻人学问大呀？

地位高的人不见得比地位低的人学问大，有时候地位低的人比地位高的人更聪明，更有学问。这是因为地位低的人更能接近群众，更能集思广益，对事物有更深刻的理解，和那些高高在上的贵族老爷们独处一隅、孤陋寡闻的状态，完全不一样。再说高贵并不是一辈子的，高贵只是暂时的，你今天高贵，明天不一定高贵啦，不要把高贵当作本钱，仗势欺人呀！

有的人有了一点地位，有了一点钱，就目中无人，势利眼，瞧不起穷人，结果必然没有人理你，你要什么没有什么，你势利也势利不起来！不要矫情，故作姿态，卖弄风情。一矫情就虚假啦，《围炉夜话》中说：交朋友增体面，不如交朋友益身心；教子弟求显荣，不如教子弟立足行。

《菜根谭》上说：栖守道德者，寂寞一时；依阿权势者，凄凉万古。达人观物外之物，思身后之身，宁受一时之寂寞，毋取万古之凄凉。这是古人的经验之谈，交友的指针。

要尊重别人的劳动，工人、农民、科学家等，都是创造财富的，文学家则是创造精神财富的，他们使你得以生存，提高生活水平和文化水平，都是你的恩人。不要随便浪费财物，暴殄天物，要饮水思源，饮水不忘掘井人！

对人真诚守信，历来是人们交友的重要规范。孔子说："朋友信之（让朋友相信自己）。"曾子每天都要三省自己的行为，其中就有："为人谋而不忠乎？与朋友交而不信乎？"

朋友之间真诚坦率，注重信义，历史上最著名的例子当推春秋战国时期管仲与鲍叔两个人的事。管仲本来很穷，鲍叔则比较富裕，鲍叔看重管仲的才气，什么事情都让着点管仲，最终两人结为好友，共事齐桓公，称霸一时。《史记·管晏列传》上有这么一段记载，管子自称："吾始困时，常与鲍叔贾（与鲍叔一起做生意），分财利多自与，鲍叔不以我为贪，知我贫也。吾尝为鲍叔谋事而更穷困，鲍叔不以我为愚，知时有利有不利也。吾尝三仕三见逐于君，鲍叔不以我为不肖，知我不遭时也。吾尝三战三走，鲍叔不以我为怯，知我有老母也。公子纠败，召忽死之，吾幽囚受辱，鲍叔不以我为耻，知我不羞小节而耻功名不显于天下也。生我者父母，知我者鲍叔也。"这个故事一则表示鲍叔知人，因此即使在管仲贫困、失意时也帮助他，而对管仲来说，则鲍叔是他一生的知己朋友，永不能忘。

志同道合，这可能是建立友谊的一个重要因素。两个人都喜爱音乐，就成为乐友，最著名的当推伯牙和钟子期了。伯牙为钟子期弹奏古琴《高山流水》一曲，使两人结为知音的故事，流传千古。

你搞文学，我也搞文学；你搞科学，我也搞科学。很自然地成为同行，在一起钻研切磋，都能成为很好的朋友。

但是朋友之间的意见也不一定完全相同，则要做到"和而不同"。

我国春秋战国时期百家争鸣，出现了学术繁荣。没有百家争鸣，也就不会有各家的学说出现。即使政见不同，也不见得就不能成为朋友。王安石搞变法，欧阳修、苏轼等不赞同，但这并不排除他们仍是好朋友，仍然有诗文交往呢！

学生和老师的关系，既是师生关系，也是朋友关系。有的老师比学生大不了几岁，更容易成为朋友，即使年纪相差较大也能成为朋友，即所谓"忘年交"。学生真诚地向老师学，老师真心地教导学生，这就是老师学生之间的真爱友谊。孔子之所以受人尊敬，并不是他当了什么大官，而是因为他是一位老师。

孔子时代，正值春秋战国时期，有许许多多国家，许许多多国君，现在谁还记得那些国家和国君的名字，这些国家和国君都只是转瞬即逝，昙花一现而已。而孔子和他的学生颜回呀，曾子呀，子路呀，子贡呀，等等，还有孟子呀，荀子呀，墨子呀，老子、庄子呀，等等，都著书立说，流传千古，他们的名字永远记在人们的心中。古希腊时代，谁知道国王是谁，而亚里士多德、柏拉图的名字尽人皆知，永垂不朽。和老师交朋友，是一种幸福，倍感珍贵。

君子之交和小人之交是绝然不同的。君子之间的友谊深厚，贵在真诚，而并不讲究形式，所谓君子之交淡如水，不需要添加什么防腐剂、催化剂等化学药品来掺和。即使由于种种原因绝交了，也不出恶声，不会互相攻讦，造谣破坏，而是仍然互相尊重。

而小人之交，则只不过是酒肉朋友而已。今日有酒今日醉，不管什么明天、后天，有利则共同，分脏不均则反目成仇，互相斗殴，甚至把对方置于死地。

美国心理学教授霍华德曼和莱斯利·马丁经过20年的研究，总结出一些促进健康增加寿命的决定性因素，令人意想不到的是"人际关系"竟然排在第一位，人际关系的重要性远远超乎想象，比吃水果、蔬菜和定期体检更加重要。哈佛大学医学院一项对268名男性跟踪调查发现，一个人生活中真正重要的就是和别人的关系。缺乏社会支持对健康的危害，与吸烟和不运动不相上下。人际关系不好，没有朋友，长期孤独，精神紧张，会削弱免疫系统并加速细胞老化，最终让人的寿命缩短4—8年。可以说，朋友是不老药。怪不得亿万富翁乔布斯说，世界上有六大良药，其中一个就是朋友。

（二）诤言逆耳　可以治病

有一句老话叫：良药苦口利于病，忠言逆耳利于行。事情都是相辅相成的。你成天吃肉，倒是非常可口，好吃，可是吃多了，只吃肉，不吃别的，不吃蔬菜，把你的胃吃坏了，是要生病的呀，所以不能只凭你的喜欢，而要根据生活的需要，科学地饮食。生了病就得吃药，西药中药都可以吃，虽然苦口，但能够治好病！

人们一般都愿意听好听的话，不愿意听不好听的话，但是真正忠于你的人往往不说好听的话，而只说不好听的话。本来么，你已经做得很好了，还用我说什么呢！因为你还有不足的地方，所以才说一些你不爱听的话，实质是为了你好。真正的朋友都希望对方好，不希望对方不好。说好话多么容易呀，你还高兴，说不好听的话，你还不高兴，我干吗要让你不高兴，不是自讨没趣吗？真正忠诚的朋友不是这样想的，他说不好听的话完全是为了对方好。真能做到这样的人恐怕也并不多。

古时候朝廷里多设谏官，如谏议大夫等，倾听不同意见，防止偏听偏信，判断错误。唐代的韩愈，当过监察御史，就是专司监察谏议的官。后人编纂的《古文观止》一书，录了韩愈的24篇文章，是所录个人文章中最多的，这24篇文章几乎全部是带有谏议、规劝、揭露、崇尚朋友情谊的。其用意之深厚，立场之鲜明，可见一斑。清朝学者王永彬说："何者为益友？凡事肯规我之过者，是也。何者为小人心？凡事必徇己之私者是也。"《菜根谭》一书中说："遇人痴迷处，出一言提醒之，遇人急难处，出一言解救之，亦是功德无量。"

人们对你提出的意见，即使说错了，也是为了你好，只要不是恶意中伤，诽谤造谣，就是无罪的。即使对方说错了，你也要警戒自己，不要犯这样的错误，这样人们就敢说话了。让人说话，天下出不了大事，把人的嘴封上了，人们什么话也不说了，这倒是一种隐忧。

要说真话，不要谄媚拍马屁。凡是献媚的人都有不可告人的目的，都想得一点好处。这些人也能办事，人们往往看到这个人能办事，虽然有点谄媚，也容忍了，甚至重用了，一时或者可以，长久了是要误事的。

对于朋友的缺点错误，要通过规劝的方法，而不是强求。对于不同意见，也不要强求一致，今天对的，明天可能觉得不对了，所以孔子认为60岁时可能意识到59岁时的错误，学术观点是可以随时修正的！一种学说就是在不断的讨论中提高认识，臻于完善的。

朋友交往，绝不能有事有人，无事无人，出尔反尔，甚至恶言相向，阴谋陷害等，哪怕你官职再高，做出这等事，也为人们所不齿。

（三）肝胆相照　情深谊重

　　交朋友要肝胆相照，休戚与共，这才是真正意义的朋友，即所谓的挚友。不能享福时是朋友，有了困难就分道扬镳，各走各路。朋友间舍生取义，不惜牺牲自己，保护朋友的事也屡见不鲜。相传有一位叫荀巨伯的人，从远处去探望病重的朋友，当时正值贼兵攻城。病友说：我现在病得这么厉害，都快死了，你还来干什么，快走吧！荀巨伯说：我远道而来，就是来看你的，岂有来之即去的道理，贪生败义，不是我荀巨伯的所行。贼军来了，责问荀巨伯：你是什么人，全城的人都逃走了，你还在这里干什么？荀巨伯说：朋友有重病，我不忍丢下他，我愿意以我的身躯代替朋友的生命。贼人听了大吃一惊，互相招呼着说：我们这些不讲道义的人，却闯入讲道义的国家！很不好意思，于是就撤军而还。荀巨伯的行为不仅抚慰了他的一个朋友，而且挽救了全城人的生命。听了这个故事，不得不令人对朋友的忠诚信义肃然起敬。

再从大的方面看，也是如此。推翻旧社会，建立新中国，也是这样。中国有许多民主党派，民主人士，他们在新中国成立之前，就与共产党休戚与共，揭露国民党倒行逆施、祸国殃民的政策，遭遇过不少危险，有的甚至招致杀身之祸，他们是中国共产党的忠实朋友，战斗同志。为此中国共产党早在新中国成立前夕（1949 年 6 月）就在北平（北京）召开了中国人民政治协商会议，成为中国人民爱国统一战线的组织，也是中国共产党领导下的多党合作和政治协商的重要机构。同年 9 月举行第一届会议，宣告中华人民共和国成立，一直到现在，人民政协在全国人民的政治生活中还起着十分重要的作用。

五　爱学习

（一）爱好学习　增长智慧

一个人要创造一番事业，就需要掌握相应的知识技能，这就需要学习。孔子说："性相近也，习相远也。"人们的性情，大家都是差不多的，只是学习、不学习，相差就大了。

如何学习，似应掌握以下几点：

一曰博。提倡博学，学校学历中有所谓"博士"，就是有比较广博知识之士。知识就是力量。知识越丰富，懂的事情越多，智慧就越增长，办法就越多，力量就越大。世界上的学问无限大，是学不完的。人类的知识是从各种渠道中积累而来的，好的知识使人终身受益，不好的知识使人从反面接受教训，可以避免重犯错误。博学多思，你的心情就开阔了，理解能力就敏捷了，举一反三的能力就强了。世界上的知识多如繁星，要成为一个博学之士不容易呀！

二曰专。只有在博的基础上才能专。专是从博中得来。不博就无从选择，就不知道应该向哪方面专。专不是盲目的，而是有意识的。既专了那一项，就要一心一意，心无旁骛，钻进去，全部身心，一以贯之。学习不能一味的贪多，贪多嚼不烂，功效就小了。

三曰精。就是精通。学习掌握的知识必须真实可靠，精益求精，不能囫囵吞枣，不求甚解，似懂非懂，更不能不懂装懂，就拿到实际工作去应用，那非出事不可。科学技术，严丝合缝，一丝不苟，不能有一丝一毫的差错。稍一出错就会走样，工程就不牢靠，房屋桥梁就要倒塌，飞机就要出事，造成生命财产的损失不可估量。怎样专呢？古时候有所谓疱丁解牛之说，厨师宰牛多了，牛的各个部位他都熟悉，所以在宰的时候知道在哪里使劲，哪里切入，事半而功倍，这就是所谓的专家。

四曰新。现在世界上的变化日新月异，新事物层出不穷，竞争激烈，俗话说，眼睛一闪，老母鸡变鸭，形容世道变得快呀！有许多新事来向你挑战，你要抓住机遇，勇敢地迎接挑战，优胜劣汰。要眼观六路，耳听八方，抓住最新的东西。古人所谓"取法乎上仅得乎中，取法乎中仅得乎下"，实际就是讲的学习新东西，取法乎现，仅得乎昨，要汲取最新的东西，顶尖的东西，才能与别人平起平坐，讨论天下大事，否则你连发言的资格都没有，没有人理你。

五曰用。就是实行、实践。实践是检验真理的唯一标准，你学习到的东西是否符合客观实际，必须用了才能判断。理论不是叫你放在象牙塔里供欣赏的，而是叫你付之实施的。实践是你学习好坏、创造事业成功与否的试金石。

孔子在《论语》中指出学问之道：博学之，审问之，慎思之，明辨之，笃行之。博学之，就是学无垠；审问之，就是要弄明白；慎思之，就是不盲从；明辨之，就是不轻信；笃行之，就是学了要用。可以再加上一条：熟习之，就是熟能生巧。

为了掌握好这五个方面的学习途径，要注意学习的几个方法，就是：

少而精，毋贪多；

易而难，循序进；

低而高，勿跳跃；

简而繁，不省事；

薄而厚，近及远；

粗而细，浅入深。

少而精和博学之是不矛盾的，博学之是指你的学习要广博，少而精则是指你每一次的学习要少点，不要贪多嚼不烂，少了就能学得精一些，理解得更深一些。

易而难，不要一开头就学习难的东西。应该是容易的先学，然后学难的，循序渐进，这样才能提高学习的效果。一开头就啃硬骨头，望而生畏，影响学习的情绪和兴趣。

低而高，就是从初级到高级，不要搞跳跃式的学习，不要以为这个简单，不学就懂了，搞跳级等，看起来似乎是节省时间，实际不一定，一定要把基础打得牢靠，才能从低到高，譬如登长城，总要一步一步走上去，不能一下子跳到山顶上呀！

简而繁，也就是先学简单的，再学繁杂的，不要贪图省事，简单的还没有弄明白呢，就去学繁杂的，结果把自己闹糊涂了，效果不好。

薄而厚，先简薄才能深厚呀！先就近才致远呀！

粗而细，就是起先学得粗一点，随后学得细一点，也就是由浅入深，这是学习的一般过程。

学习就像万里长征必须一步一个脚印，走得踏踏实实，跋山涉水，翻山越岭，才能胜利到达终点，三军过后尽开颜。

过去的人说："学而优则仕"，就是说学习好了就能做官。这句话被后人批评，认为读书不是为了做官，而是为人民服务呀！其实做官和为人民服务是不矛盾的。做官不就是为人民服务吗？不要把官都看作是贪官污吏，有许多替老百姓做事的好官！但是，读书终究不是为了做官，况且读书人并不都是做官，有许多读书人并没有做官，而是研究学问，掌握知识，也为是为人民服务。读书的好处远远不是做官这一项，读书最大的好处是长知识，过去不懂的，读了书懂了，过去不知道的，读了书知道了，这就能极大地帮助你了解世界的事物，运用你的知识对国家做出贡献，提高人生的价值。如果不学习，浑浑噩噩的地过日子，什么也不知道，什么也不懂，你怎么能做出有益于人类的事业呢，你就是一个非常愚蠢的人，没有用的人，学习的最大功效就在于此。

（二）学贵于勤　永不满足

古人说，业精于勤荒于嬉。今天学一点，明天学一点，天天积起来就学得多啦。学习一定要专心致志，不能一面读书，一面在想别的什么事情。不能一曝十寒，三天打渔，两天晒网。学习不能偷懒，不能中断呀！学习如逆水行舟，不进则退。要坚持，不间断，你就能学好。要相信自己一定能学好，不要刚开始学就觉得不行，这山望那山高，学了这个觉得不行，还想去学习别的，学了那个又觉得不行，想换另一门，这必然是学不好的。要知难而进，不是知难而退。不要满足于现在已经学到的，还有许多你没有学到的知识哪！以为自己学得不少了，就不想再学习了，就等于半途而废，不进则退啦！

学习贵在自觉，别人不能代替你学习，别人不能强迫你学习，学习完全是自觉自愿的，只有尝到了学习的甜头，才能锲而不舍，乐而忘返。

学习不要墨守成规，不要照搬照抄，依样葫芦，不要仿照古人怎么写，我也这么写。唐朝的韩愈就反对六朝以来的骈偶文风，而另起炉灶，提倡"以文载道"，"辞必己出"。

读书要有创见，即所谓的"见微知著"，了解得深刻了才能有创见呀！朱熹被公认为我国古代的一位大学问家，他的重要贡献之一就是他对一些重要古籍，如"四书"（论语、孟子、大学、中庸）"五经"（易、书、诗、礼、春秋）等作了精辟的解释，使读者能够更加深入地了解原著的含义。所以不要小看了一些注释、注解、学习札记之类的书，实际都是一种学习心得，没有对原著有深入的了解和注释，是读解不了的，是写不出学习札记的，所谓温故而知新，推陈出新，绝不能泥古守旧，否则这门学问就停滞了。

年纪愈大愈感到学习不足。不要说新事物层出不穷，就是传统的东西也琳琅满目，我们学到的还只是蜻蜓点水，学到一点皮毛，既未登堂，也未入室哪，那怎么办？就继续学吧，活到老，学到老，学习是没有止境的。

老人学习要根据自己的身体条件，根据实际情况学习，不要过劳过累，否则学习效果不好，学不进去了，和学习的初衷适得其反。

一息尚存，不要忘记学习，这是一种精神动力。

（三）古为今用　洋为中用

　　中国传统的古藉浩如烟海，可以说取之不尽，用之不竭。现代人讲话，随口就可以引用古人说的话，而且非常确切，令人折服。有关专家认为，我国引用的古人的话不下几百种，甚至引用的外来语也有几百种，如果没有这些传统的语言，我们现时的文化、文学、语言将会变得非常枯燥，毫无美感，毫无艺术可言。不仅在语言、文学上，而且在为人处事上，许多古代哲学家、思想家的理论、见解、学识，现在依然适用，毫不过时。让中国传统的思想文化、言辞搁置不用，任其湮灭，将是对我国悠久文明的亵渎和犯罪。

　　古代文化在现代应用，就是古为今用，就能使中国的文化更加丰满动人。

　　外国的学问也是波澜壮阔，灿若繁星，在政治、经济、军事、哲学、文学、科学技术、教育等方面的名人、名著辈出，重大事件举不胜举，令人眼花缭乱，目不暇接，从古埃及、印度、希腊，罗马文化到文艺复兴，一直到近现代的巨著，不要说看内容，连目录都数不完，这么大范围的学识，你怎么能都涉及呢，那是不可能的，你能掌握一两门知识也就了不起了。再说外国的作品纵然洋洋大观，但是它们终究是外国的，他们的风土人情，历史背景，和中国有很大的不同，我们在欣赏学习这些作品的同时，绝不能照抄照搬，而要结合中国的实际情况来学习，来赏析，对我们有用的我们可以借鉴，对我们不适用的要舍弃，这就叫作扬弃，也就是洋为中用。

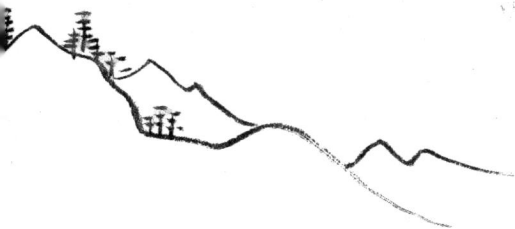

六　爱工作

（一）热爱工作 献身事业

常常听到有人议论：人活着是为了吃饭，还是吃饭是为了活着？

提出这个问题，绝不单纯是一个吃饭、活着的问题，它有一个更重要的根本的含义，就是一个人的人生观、世界观问题，它具有很现实的意义。

人为万物之灵，人之所以和别的动物有所区别，就是因为他有思想，有创造，能做出一番伟大的事业来推动社会的进步，其他动物则不能。人如果成天不工作，没有一点事业心，只知道吃饭，活着，这和其他动物有什么不同？没有。

做好现职工作，是干一番事业的起点和立足点，你连自己的本职工作都做不好，还谈什么要做出一番伟大的事业来？

干任何工作，只要它对人民有利，就是一项事业。张思德是一个烧炭工，兢兢业业工作，为公牺牲，人民为他开追悼会，他干的工作就是事业，永垂不朽。为个人谋私利，而损害他人的利益，官做得再大，也一钱不值。毛泽东指出，为人民服务，就比泰山还重，不为人民服务，就比鸿毛还轻，说得多么透彻！

每个人都要根据自己的性格、特长等不同特点做自己的工作，从事自己的事业，不能强求。每个人所从事的工作不尽相同，但他们在人格上是平等的，这个所谓人格，就在于他对工作的热诚、执着、倾心和所花费的精力、取得的成就上。毛泽东青年时代的志愿就是想当一名教员，他在长沙修业学校执教，由于工作出色，随即被提升为"主事"，即校长，时间是1920年9月到1922年10月，有两年的时间。他讲授历史课，注重联系当前实际，教书育人，深得师生好评。

黄继光作为志愿军，在抗美援朝作战中，在上甘岭战役多处负伤，仍顽强地扑向敌人的火力点，用胸膛堵住机枪射孔，壮烈牺牲，为自己的部队夺取高地的制胜点，做出了重要贡献，被追授为"特级英雄"。

邱少云，抗美援朝志愿军战斗英雄。在一次战役中，美军发射燃烧弹，一发落在邱少云潜伏点的草丛中，烈火燃烧着他的衣服和皮肉，为了不暴露潜伏部队，他始终未动，烈火在他身上燃烧了30分钟，终至牺牲。

志愿军，勇于战斗，保存自己，消灭敌人，这就是他的职责、工作，也是他的事业，这些人的英雄业绩就是这样写成的。

王进喜，率领钻井队参加大庆石油会战，在气候极端恶劣的环境下，发扬一不怕苦、二不怕死的精神，又快又好地打出了大庆第一口油井，并打破了当时世界上钻井的最高纪录，被群众誉为铁人。他的豪言壮语"宁可少活20年，也要拿下大油田"，影响了几代人。

张秉贵，北京王府井百货大楼的一个售货员，他称糖果时一把抓就能达到顾客的要求，不多也不少，这就很大地节省了时间，提高了工作效率，方便了顾客，受到顾客的赞许，被评为劳动模范。学习张秉贵不是单纯地学他的"一把抓"，而是学一种精神，这不仅是凭他的经验，而是他多年兢兢业业，不断锻炼，心领神会的结果，多年时间积累的基本功。没有人想到一把抓得那么准确，而他想到了，没有人能做到一把抓得那么准确，而他做到了，这就是他的难得之处。不要小看这一把抓，说起来不难做起来并不容易。至今在王府井百货大楼门前还矗立着张秉贵的铜像，受到人们的敬重。

钱学森，中国著名的物理学家，在美国研究航天航空等高科技方面已经取得了很高的成就，但他放弃在美国优厚的生活，抵制了美国政府的刁难欺压，毅然离开美国，冲破阻挠，回到中国，投入高精尖的研究，在发展原子弹和氢弹等工作中作出了卓越的贡献。

屠呦呦，依靠许多年的钻研，并且在自己的身体上实验，制出了治疗疟疾的有效药品，帮助非洲国家居民治疗疟疾取得了巨大的成功，获得了诺贝尔医学奖。

这些人都是我们国家的精英，学科的带头人，还有许许多多的科学家、医学家和其他领域的英才，在各方面做出了卓越的贡献，他们都是功不可没呀！

他们这些人的脑袋里想的是什么？都是为国家为人类做贡献，不去想个人的名利。不是为了得诺贝尔奖而得诺贝尔奖，他们想的是祖国的事业。

事业有大有小，做大事业固然好，做小事业也未尝不好，所有的事业都是人民需要的，社会需要的，国家需要的，搞政治是如此，搞科学技术是如此，搞文学是如此，当炊事员、当演员也是如此，行行出状元，哪一行没有大师、专家呀！八仙过海，各显神通，不怕人家不知道你做出了成绩，只怕你做不出成绩。

根据各人不同的禀赋创造自己的事业，不能要求大家都去当文学家，都去当科学家。如果世界上只有一家，而没有其他家，也就构不成世界，这个世界必然枯燥乏味。我们要的是光怪陆离、丰富多彩的世界，这是各行各业各位专家共同创造的事业，不是某个个人的事业。

要创造出一番事业需要具备一定的条件，不是随便能创造出来的。第一，你要有事业心，不满足于现状，要有比较高的抱负，也就是所谓的志存高远。第二，必须要有一个信念，就是目标、理想、要求，有了目标，才可以有努力的方向，这个目标要求可以很高，也可以不是很高，但总得比你的现实要高，否则也无所谓目标、要求了。第三，这个目标、要求应该是经过努力可以达到的，而不是漫无边际，可望而不可即的。第四，这个目标应该是崇高的，对人类有益的，能使社会进步的，而不是为了一己之私利。

要创造一番事业不容易呀，需要付出比一般情况下更多的艰辛，甚至付出自己的生命，它是人们一辈子的事情，而不是兴之所至，一时冲动。

现在常常听到一些人说，哪里挣钱多就到哪里去！几乎成为一句口头禅。人被金钱捆住了，就是把你的意向捆住了，把你的旨趣捆住了，把你的私欲捆住了，你得到的是金钱，而你失去的是比金钱宝贵得多得多的精神财富。每一个人都要挚爱工作，献身事业，这是每一个人的应有之义。明白了这个道理，所谓人活着是为了吃饭，还是吃饭是为了活着这个问题，也就不解自明了。

（二）坚定方向　矢志不渝

一个人创造事业，不是为了自己，而主要是为了国家，为了社会，为人民谋福利。个人在这个世界上是渺小的，而我们做的事业可以非常大。不要为了个人的事业患得患失。成功了，名利双收，失败了，人家笑话。不是这样的。世界上没有必然成功、必然失败的道理，有时候做了很多努力，却总不成功，这很正常。有时候一件事，一代人做不成功，需要几代人努力，继续不懈，才能成功。做成功了好，不成功也不要气馁。做成了可能成名成家，也可能做无名英雄，这是我们做事业的基本态度。

搞事业是一件非常艰苦的事情，从小就要有志向，虽然小时候人的思想还不成熟，但他需要有一个志向，慢慢地坚定方向，矢志不渝，不能朝三暮四，半途而废，三军可以夺师，匹夫不可以夺志呀！反对浑浑噩噩，反对混日子，人生不是叫你混的，是叫你奋斗的！

中国人自古以来都很看重立志，但每个人的志向不一定相同。孔子就曾经问过他的一些学生，你们的志向怎样，可以谈一谈吗（盍各言尔志）？子路是一个爽快人，说愿意与朋友共忧患。颜回是一个读书人，显得谦虚谨慎，回答说，不要显示自己，不要夸耀自己的长处，表白自己的功劳。学生们想听听孔子的志向，孔子说："老者安之，朋友信之，少者怀之。"明显的是以爱心治理国家为己任。

有了志向才能站得高，看得远，心胸开阔，鹏程万里，诚如孟子说的一段话：孔子登东山而小鲁，登太（泰）山而小天下。故观于海者难为水（看过海洋的人，别的水就很难吸引他了），游于圣人之门者难为言。观水有术，必观其澜。日月有明，容光必照焉。流水之为物也，不盈科不行（水不满不会溢出来）；君子之于道也，不成章不达（没有一定的成就就不能通达）。

失败是成功之母。无数次失败，造成一次成功，没有失败就没有成功，成功酝酿于失败之中，从这个意义上讲，成功离不开失败，成功就在失败之中。

（三）锲而不舍　勇攀高峰

要创造一番事业，绝非轻而易举，除了必须实干苦干以外，还必须有精神上的支持，就是要有一个良好的心态，敢于对既定目标付出你的一生。

是哪几种心态呢？

首先就是要有爱心，这是最基本的。这是我心爱的事业，一定能够做成。不是好高骛远，是经过努力可以达到的，不是半途而废，而是锲而不舍。不是见难而退，而是迎难而上。爱心十足，信心十足，不怕失败，在哪里失败，就在哪里爬起来。孟子说："持其志，无暴其气"，任何时候都不要泄气。气可鼓，不可泄，成功只有一次，失败可能有99次，有了失败才能成功，不能一蹴而就。爱心和信心建立在符合科学原理的基础上，不是盲干，蛮干，不符合科学原理的痴心妄想。例如曾经有人说，水能变成油，这是根本不可能的，因为水和油是两种根本不同性质的液体，水是根本不可能变成油的。这种思想一提出就被有关的科学家否定，这类事情你就不要再去想，再去做了，想了做了，也是白搭，白费劲，不会成功的。

二是要专心。只能专心于一项事业，不能同时搞几项事业。一心一意，而不是三心二意，站在这山望着那山高，一件事没有做成就又想去干另一件事了，结果肯定是一事无成。

三是恒心。什么事情都得有恒心呀，何况一项重大的事业。不忘初心，坚持到底。恒心就是要有耐心，要耐得住寂寞。有些事业，特别是科学事业，常常是非常枯燥的，一个人关起门来，几个月、几年不出门。我国有些科学家到试验基地去搞科学实验，研制卫星等，在荒漠地带一待就是几年几十年，隐姓埋名，有的连妻子都不知道丈夫干什么去了。这类事情是常人难以做到的！

四是细心。大凡一些宏大的事业，都是比较复杂的，每一个细节都可能影响全局，所谓牵一发而动全身，抓住一点，你可以成功，忽略一点，放松一点，就可能前功尽弃。有时候看起来并不重要的细节，却是事物成功的关键之处。要十分重视每一个细节。

五是齐心。有些事业，事关重大，不是一个人或者少数人能够完成的，需要发挥集体的力量。就像杂交水稻专家袁隆平，治疟专家屠呦呦，许多原子弹专家，伟大的科学家，都不是靠一个人的力量单独完成事业的，而是发挥了集体的智慧，但他们是这个学科的带头人、首创者、代表人物。搞科学研究，一个团队的人必须齐心合力，互相帮助，开诚布公，而绝不能各自为政，保守机密，要互相合作，不贪图个人的私利，这还真需要有一点牺牲精神不可。不要搞文人相轻那一套，授人以讥。要谦虚忍让，心态平和，不贪天之功。把国家利益、集体利益放在第一位。

六是良心。搞事业的人必须要有良心，即善良的心，是为人类做贡献，而不是为了个人的私利。有利于人类事业的做，不利于人类事业的不做。这类事情社会上已屡见不鲜。例如克隆猪、羊、兔等可以，但克隆人就不可以，因为人是有思想的，而每个人的思想又不同，牵涉到伦理道德等许多问题。

你做出了成绩，对社会有贡献，人们是不会忘记你的。近一个时期，中央电视台《新闻联播》节目中播放中华人民共和国成立前一些共产党员英勇奋战，立下许多功劳，在某次战役中或某种情况下牺牲的人的事迹。这些都是老战士了，是共产党的忠实信徒，他们为了党的事业抛头颅，洒热血，奋不顾身，英勇牺牲，他们中有的已经是当地组织的主要负责人或重要成员，但是因为时隔已久，过去没有怎么报道，几乎无人知晓这些人的姓名，成为无名烈士。中央电视台收集了这方面的资料，收集了这些人的英雄事迹，使这些英雄人物再次进入现代人的脑海中，说明我们党没有忘记这些优秀的共产党员，吃水不忘掘井人；也是对后来人的一种启示和教育，激发我们对这些先烈的尊敬，颂扬我们中华民族伟大的爱国主义精神。

当前，高科技对科学技术理论水平要求更高，实验性也极强，要攀登高峰绝非易事。要聚集科技界的英才，通过个人和集体的力量，接受挑战勇于创新，站在时代的前列，勇攀高峰，引领全球。

在新的历史条件下，我们每一个人都站在新的岗位上，我们正在从事前所未有的伟大的新中国建设，前面有许许多多事情在召唤着我们，一个问题解决了，又有一个问题摆在我们面前，一件事情做成了，还有许许多多的事情需要我们去完成，我们的事情做不完。新的事业既艰难又快乐，既近又遥远，我们正走在新的长征路上，我们要永不停步，随着时代的发展勇往直前，把世界建设得更好更美，让我们的爱心永放光芒。

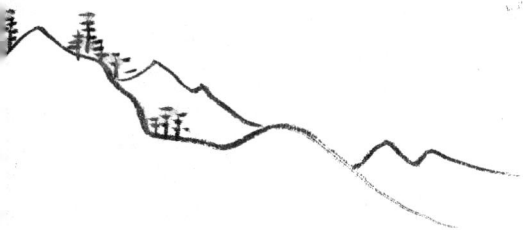

七　爱健康

（一）爱护身体　劳动锻炼

人们常说一个人面无四两肉，就是说他骨瘦如柴，一点肌肉也没有。人们称一些知识分子（读书人）为白面书生，成天躲在家里，足不出户，不晒太阳，所以脸色白，没有血色，经不起风吹雨打，没有一点抵抗力。中华人民共和国成立初期，中国人的平均寿命只有四五十岁，六十多岁的已经算是高寿了，七十岁被称为古来稀，已经是稀有之物了。人们经常生病，还被外国人贬称为"东亚病夫"。这样的人，这样的国家，怎能抵御外来的侵略。

保持身体健康，不仅是个人的需要，而且是工作的需要，生活的需要，家庭的需要。孔子说"父母唯其疾之忧"，父母亲最担心孩子生病。所以，无论从国家，从个人，从家庭各方面来说，保持身体健康都十分重要。说到底，身体健康是最大的资本，身体不健康，你所有的智慧、能力都荡然无存。这是非常现实的问题。

一个人的身体就像一台机器一样，平时需要保养。机器经常保养，就能灵活运转，该修补的修补，该加油的加油，不能只使用不保养，时间长了机器受到磨损，就不能用了。人如果平时不注意保养，各个器官的零部件就会遭到磨损，人就要报废了。

保持身体健康，就要锻炼身体。譬如经常举办各种运动会呀，下班后就到健身房去从事各种锻炼呀，骑马呀，跳舞呀，游泳呀，登山呀，划船呀，旅游呀，等等，看起来似乎占用一点时间，实际是大有益于身体健康的。身体素质一般比较好的人，跟锻炼有很大关系。

毛泽东在 20 世纪五六十年代号召干部、知识分子上山下乡，劳动锻炼，向工农兵学习。不去不知道，一去还真吓一跳，不要自以为你什么都知道，一到了乡下，你什么也不知道，就拿进行体力劳动来说，下乡与不下乡大不一样，经过一年的劳动锻炼，你的身子骨比以前结实多了。养成一种劳动锻炼的习惯，对身体健康有很大好处。

在锻炼身体的同时，也要随时注意是否患病了。一辈子不生病的人是没有的，是人都会生病。有了病，不要不去医院看病，小病不看要变大病。对于自己的病既不要漠不关心，不在乎，觉得没有什么，也不要害怕，恐慌，平时要多注意。有了病还是去医院检查为好。现在许多单位都有体检，至少一年检查一次，有的人认为体检不必要，大病检查不出来，其实不然，许多人就是在体检时查出病来，及时医疗而得康复的，不要小看了体检。

（二）适度饮食 讲究养生

保持身体的健康，要注意养生。

过去生活困难时，只要能吃饱饭就行，现在不行了，不仅要吃饱，而且要吃好。所谓吃好，不是说每天都要吃大鱼大肉，山珍海味，什么贵吃什么。完全不是的，而是要注意营养。所以医院里有营养科，"养生堂"节目经常讲营养之道，吃什么，不吃什么，怎么吃，如何保持饮食平衡，等等，有许多理论根据，也有实践体会。

家常饭也要讲营养，有鸡鸭鱼肉，也要有蔬菜水果，要吃细粮，也要吃粗粮，这才符合科学用餐，提高饮食质量。

再说现在我们国家人民的生活水平虽然提高了，但也不能浪费呀，毕竟还有一些人生活很困难，要让这些人也都生活好，变富裕。况且国家的资源有限，而人民生活的要求无限，以有限的资源供应无限的消费，也供应不起呀！

其实生活过得好，保证营养不缺，也就可以了，为什么要过奢侈浪费的生活呢，一个人活得好，不在于他吃的用的如何好，而在于他的精神状态好。有的人吃喝并不太宽裕，但他照样心情快乐，生活得很好。有的人吃喝玩乐，看起来很风光，但他心事重重，不见得很快乐。

特别是办婚丧大事，大摆筵席，吃了几十桌，实际吃不完，白白倒掉，真是让人看了心痛。结婚男方要给女方多少彩礼，女方要给男方多少嫁妆。没有钱，想办法，借高利贷，这不变成过去的买卖婚姻了吗？再说结婚送礼，装面子，有的人借债送礼，打了自己的脸充胖子，有意思吗？没有意思呀！只要大家真情相对，不必那么铺张浪费，走形式，夫妻贵在永远恩爱，白头到老，这是最大的喜庆。至于丧事，更不应浪费，对已经去世的人，要怀念他生前做的好事，到清明节的时候去扫墓，就是对他最大的尊重敬爱。丧事简办，并不是说你不孝顺，现在人死不起，什么丧葬费、墓地等，要价很高，这是赚死人的钱，实际是临危敲诈，很不道德呀！墨子提倡节丧是很有道理的。

现在许多电视节目和报刊上常有关于养生的播放，看起来似乎专门（或主要）是针对老年人或有病者说的，其实不然，养生对于年轻人也很重要，据说现在有些疾病有年轻化的趋势，这不能不引起一些年轻人的关注。不管老年人也好，年轻人也好，甚至婴儿、青少年，都要关注这个问题——养生，就是保养身体，保持身体健康，不生病或少生病。身体棒，精神就爽，做起事来兴高彩烈，精神抖擞，效率就高。身体不好，甚至常常闹病，健康状况不佳，心里就要犯嘀咕，发愁，烦恼，工作起来也没有劲，没有信心，这是需要十分注意的。

（三）劳逸结合 心气平和

弓弦绷得太紧是要断的，人的工作、学习、休息也要有适度的安排，劳逸结合，有紧有弛，工作要有节奏。也就是说该工作的时候工作，该休息的时候休息，休息好就是为了工作好，休息好了工作才能好。

生活一定要有规律。要有足够的睡眠。一天三顿饭必须得吃，有的人早晨不吃早饭，肚子空空的就去上班，不到中午饿得不得了，就狼吞虎咽地去吃午饭，这很不好。有的人吃饭不定时，有的人生活不规律，下班后还去娱乐场所，稍玩一下还可以，但弄到午夜十一二点，仓促回家，以致睡眠不足或失眠，白天工作就打不起精神来。

特别要强调必须保持身心健康。心态要平和、乐观、善良，不要急躁，不要急功近利。要互相谦让，帮助他人，而不是互相争夺，斤斤计较，寸利必得，寸功必争，老是生气，其实这是不值得的。有人说，朋友是不老药，宽容是调节器，淡泊是免疫剂，此话不无道理。我们中国有很多这方面的例子，发人深省。譬如，诸葛亮为蜀汉做了很多好事，但是他从不居功自傲，而是说"鞠躬尽瘁，死而后已"，受到"同事"们的尊重。赵国的廉颇、蔺相如"将相和"的故事，也广炙人口，传为佳话。我们的许多革命战士，为了建立一个新国家，抛头颅，洒热血，从不计较个人的得失，从不跟人去争名逐利，虽然行动积极，而心态却十分平和，这是一个革命者的本色，也是保持身体健康的必由之路。

老年人有一种心病，就是感到寂寞，特别是有的丧偶老人，而子女又不在身边，常常有一种空虚孤独的感觉，我们就听到一位独居老人说过：有时候我站在窗口，看马路上来来往往的汽车，我就注视着，究竟是白色的汽车多呢，还是黑色的汽车多，看了一阵，数了一下，黑白颜色的汽车数量差不多。一位老人说：有时候天色微暗，夜幕即将降临，我站在窗口看着月亮慢慢地升起，看它初升时是怎么样的，上升了一段是怎么样的，再上升一段又是怎么样的，满月时是怎么样的，半月时是怎么样的，有时候，月亮被四周的乌云蒙住，就看不到月亮了，乌云散了，月亮就又冒出来了，月亮呀，你独自在这个宇宙中运行，不觉得寂寞吗？这种心理状态的老人，恐怕不是个别的。现在有好些志愿者，自愿帮助老人解决生活和思想上的许多问题，这是助老、扶老的一个非常好的方法。

老年人思想要放得开，有的老人勤于学习，天天看电脑，看书报，记笔记，写心得，很有收获，觉得时间过得太快，生活很充实。一些老人参加各种社会活动，譬如琴棋书画呀，唱歌跳舞呀，吹拉弹唱呀，看书写字呀，等等。现在有些老年大学举办了各种学习班，任人挑选。进入学习班学习，一是可以多交朋友，二是可以学习一些新东西，有益身心健康，使人神清气爽，乐而忘忧。不能太拘束了，太忧郁了，有的人连公园都不去，与世隔绝了，这太孤单了。

其实人活在世界上，不是看你年龄多少，而是看你的健康状况。如果你活到 100 岁，身体还很健康，能吃饭，能走路，能谈话，生活能够自理，脑子清楚，甚至能够读书、写字，做一些对身体有益的事情，那自然很好。而如果你仅仅是保持了一个年龄极限，生活不能自理，需要别人来护理，成天躺在床上，人事不知，生命还有什么意义呢，一点意义也没有了呀，活得再长有什么用？我们提倡健康长寿。

八　爱传统

（一）尊爱传统 优秀文明

相传黄帝最早统一中国（中原），是华夏民族共同的祖先。黄帝姬姓，本来是部落首领，他打败了炎帝、蚩尤，统治地区逐渐扩大，被公推为各部落的联盟领袖。华夏民族包括了许多少数民族，并逐步扩大，组成中华民族，包括现代的56个民族，形成统一的多民族国家。我们现在仍称自己是炎黄子孙，陕西省黄陵县有黄帝陵，湖南省炎陵县有炎帝陵，每年清明节都有许多人到这里来扫墓、公祭，受到大家的关注。北京还有炎黄艺术馆，主要宏扬民族艺术优秀传统，吸收世界各国的艺术精华，推动民族美术事业的发展。

相传黄帝即轩辕氏，管理军政，炎帝即神农氏，教人耕种，伏羲氏教人畜牧，燧人氏教人做熟食，他们是中国古代文明和文化的开创者，充分说明是中国人自己规划了自己的生产和生活，开创了中国特有的文化文明，早在五千多年前就已矗立在世界的东方。

从黄帝算起（约公元前30世纪）历经颛顼、帝喾、尧、舜，进至夏、商、周，以至秦、汉、晋、隋、唐、宋、元、明、清，直至中华民国，从夏朝开始称为朝代，也已经有13个朝代了，这还是指全国统一的情况说的，还有各据一方、自称为国家的、不统一的朝代，如三国、南北朝、五代等，经历了很多的兴衰存亡，其中以汉代和唐代最引人瞩目。直至现在，还有许多人称中国人为汉人，外国有许多唐人街等，名声在外啦！在历朝历代中，有两个朝代即元朝和清朝为少数民族（蒙古族、满族）统治，其余均为汉族人统治。

中华人民共和国自1949年成立至今，有72年的历史，这是一个与过去截然不同的新时代，是一个继往开来的新时代，开创了一个新起点。

中国最早的游牧民族，发达于原始社会后期。农耕技术发展后，有些游牧民族逐步转为农耕，但也仍有以牧业为主的，主要视当地的自然地理环境来定。进入农耕社会以后，人们生产各种粮食、棉花，还有水果等各种农产品，人们既能吃到粮食，穿上衣服，品尝果品，又能喝到牛奶、羊奶，又可以用牛马来耕地，生活就更加丰富多彩了。

其实中国的科学技术，上至天文，下至地理，很早就已开始，而且相当发达，并不亚于西方国家。

天文方面，早在公元前4世纪中期，先秦时期著名的天文学家甘德就著有《天文星占》，八卷，战国中期的魏国天文学家、占星学家石申夫著有《天文》，也是八卷，后人把两部分合起来，名为《甘石星经》，书里记录了800个恒星的名字，其中121个恒星的位置已经确定，这是世界上最早的恒星表。书中还记录了木、火、土、金、水五大行星的运行情况，发现了它们的出没规律。

东汉科学家张衡精通天文历算，创造了世界上最早利用水力转动的浑象和测定地震方位的候风地动仪，首次正确地解释月蚀是由月球进入地影而产生。他和西汉落下闳制造的浑仪，统称为浑天仪，是我国古代测量天体位置和表示天象运转的仪器。

在地理方面，除了农耕技术逐步推进以外，水利方面也有十分卓越的成就。最著名的是夏禹治水，夏禹领导人民疏通河流，兴修渠道，灌溉农田，在治水过程中三过家门而不入，被传为佳话。著名的都江堰大约建成于公元三世纪，使成都平原成了"水旱从人"的良田沃土，至今仍发挥重要作用。

在医疗方面。中国强调治病要治本，即从根本上来处理病变，而不是头痛医头，脚痛医脚，这是中国医学的独创。中国战国时代的名医首先提出了所谓"四诊法"，即望诊、闻诊、问诊、切诊，效果非常明显。现在我国四川新津县观音寺的大雄宝殿中还有一对切脉诊病的罗汉雕像，形象生动传神，成为一件宝贵的艺术品，常常使观者流连忘返。

随着生产的不断发展，人们在衣、食、住、行等方面都有许多改善，生活逐步安定了。

我国早在东汉时期的蔡伦就发明了书写纸。宋代人毕昇发明了活字印刷。宋代人还发明了指南针和引爆技术，并发展成火器。这四项被称为古代中国四大发明，传播海外，让人刮目相看。

中国的长城是世界七大奇迹之一。早在秦始皇以前的春秋战国时期，一些诸侯国家为了保护自己国家的安全，就在一些险要的地方修筑长城，到秦始皇时期就把它连接起来，后来历朝历代不断地增修。气魄雄伟，有所谓"一夫当关，万夫莫敌"的作用。来中国、来北京的人，一定要去长城观光一下，有所谓"不登长城非好汉"的豪言壮语。

光凭这些，就足以使伟大的中华民族流芳百世，扬名海外，中国华夏祖先值得受人尊崇，优秀传统文明值得骄傲，永垂不朽。

（二）百家争鸣　丰富遗产

一说到百家争鸣，就会想到这是春秋战国时期，一说到春秋战国时期，就会想到百家争鸣，百家争鸣似乎成为春秋战国时期的一个代名词。

是的，春秋战国时期，百家争鸣，出现了许多思想家、政治家、哲学家、教育家、经济学家等，各自成派。他们中主要有儒家、道家、墨家、法家、兵家、阴阳家、纵横家、农家、杂家等派别，他们著书立说，广收学徒，宣扬自己的主张，极大地推动了当时文化和文明的发展，而且一直延续到现在，有些学说、观点、理论还在发挥着作用。

"百家"中主要的有儒、道、墨、法、兵、杂六家。

首先是儒家。在政治上主张德治，推行仁政。其渊源当推到周公，他是西周时期的政治家、思想家、军事家、教育家、被称为"元圣"，相传他制作礼乐，建立典章制度，对巩固和发展周王朝起了关键性作用，对中国历史发展具有深远影响。孔子十分尊重周公，秉承周公的遗志，演绎出各种应时的儒家学说来。逐渐成为中国传统文化的主体，在漫长的历史中起到维护民族统一、稳定社会秩序的积极作用，对中华民族的文化和文明起了促进作用，有巨大贡献。其主要代表人物有：

孔子。名丘，山东曲阜人。他主张以德治国，提出仁、义、礼、智、信、忠、孝、诚、爱等的政治理念。他历访各国，但不受重用，直到68岁才回到家乡鲁国从事讲学和著作。

孟子。名轲，山东邹县人。受业于孔子的孙子子思的门人。他把孔子"仁"的观念发展为"仁政"学说，提出民贵君轻的理念，劝告统治者要重视人民，阐发了儒家的重民思想。他的主张也不受重用，晚年与弟子著书立说，独树一帜。

荀子。名况。时人尊其为"卿"，称荀卿，是儒家中的重要成员。他反对天命、神鬼迷信，提出"制天命而用之"的人定胜天思想。他与孟子主张人性善的观点相反，而是认为人性有恶，要通过教育的礼化，才能使人为善。政治上主张礼法兼治、王霸并用，坚持正名，反对世袭制度，为文说理尖锐，结构严谨。

道家。创始人是老子。以自然的天道观为主，强调人们在思想上行为上效法"道"，生而不有，为而不恃，长而不宰。政治上主张"无为而治"，伦理上主张"绝仁弃义"，与孔子的学说是鲜明对立的。道家思想对中国的政治、哲学、科学、文化、艺术等方面，都有深刻影响，是中国传统文化中的重要一环。主要人物有老子、庄子。

老子。姓李名耳，春秋时楚国苦县人（今河南鹿邑东）。《老子》一书用道来说明宇宙万物的演变，提出一切事物都有正反两方面，是对立的统一（有无相生）。提出"祸兮福之所倚，福兮祸之所伏"的见解。还阐明柔能克刚、弱能胜强的道理。他提出弃圣绝智的绝对化理念，实际是对当代社会专制统治的一种鄙视。

庄子。名周，战国时宋国蒙县人（今河南商丘），继承和发展了老子"道法自然"的观点，强调事物的自生自化，否定神的主宰，有朴素辩证法因素。他看到认识的有限和无限，说"吾生也有涯，而知也无涯"。在美学上提出"天地有大美而不言""美者自美""至乐无乐"等见解，来阐发美的起源、美的本质和美感等问题，为文汪洋恣肆，想象力极为丰富。他的哲学观念达到了很高的思想水平，对后世影响很大。

墨家。创始人为墨子。墨子名翟，主张"兼相爱，交相利"，不应有亲疏贵贱之分。主张非攻、非乐、节用、节葬，提出尚贤、尚同等政治主张，认为"官无常贵，民无终贱"，反对贵族世袭制，强调动机与效果的统一，即善与用、志与功的统一。墨子的思想在当时社会影响很大，与儒学并称显学。

法家。战国时期的重要学派。起源于春秋时的管仲、子产等人；发展于战国时的李悝、商鞅、慎到、申不害等人。商鞅重"法"，就是强调依法行事；申不害重"术"，就是主张君要时常监督群臣，考察其是否尽职，忠于职守；慎到重"势"，强调势治，提出"贤者未足以服众，而势位足以诎贤者"，就是要以自己的权势作为行法的力量，没有权势，人家不听你的，你怎么行法？到了战国时期，韩非综合了法、术、势三种理论，提出以"法"为中心，法、术、势三种结合的统治法案，加强中央集权，主张"赏厚而信，刑重而必"，刑过不避大臣，赏美不遗匹夫"，主张"缘道理以从事"，反对"无缘而妄意图"，这对后世法治观念的建立都有很大的启示。

兵家。就是研究军事理论，从事军事活动的学说派别。早期主要代表人物有春秋末期的孙武，战国时期有吴起、孙膑等。主要著作有《孙子兵法》《六韬》等。《孙子兵法》为孙武所著，共有13篇，对战略、战术都有生动的描述，国外许多军事院校和专家也都研究这本书。《六韬》也是先秦时期重要的军事著作。内容共分文、武、龙、虎、豹、犬六卷共六十章，主要讲了战前准备、克敌制胜、战术战略等问题。这些都是从军打仗必备之书。

杂家。主要是战国时期和汉初博采众长的综合学派，也就是"兼儒墨、合名法""于百家之道无不贯综"，反映了封建大一统国家建立过程中的文化融合趋势。其主要代表人物有吕不韦。吕不韦和门客一起编著的《吕氏春秋》一书，全书分为纪、览、论三大部分。"纪"大体上是讲事物的一般规定、定律，国家的政令，事物的依据。"览"则是讲对事物的认识、理念。"论"就是辩论、理论、论证、论断的意思。书中引证了许多古史旧闻和有关天文、音律等方面的知识，对于发掘当时史实、发扬中国文化很有裨益。

后世许多朝代大多奉行儒家学说，尊奉孔子，各地有孔庙，时常祭祀，把关于儒家的四本书称为"四书"，即《大学》《中庸》《论语》《孟子》，都是宣扬儒家学说的。除了"四书"以外，还有"五经"，就是《易经》《尚书》《诗经》《礼记》和《春秋》五种。《易经》也称周易，顾名思义，就是探求普遍的变异法则，包括经、传两部分。经指卦辞和爻辞，传是解释经的，实际就是各家的学习体会。这本书不仅是供占卜用，而且内容反映了上古时代的一些社会情况和个人的片断思想认识，涉及政治、经济、医学、文化等各个方面，可以说是我国最早的一本百科全书。《尚书》，"尚"就是"上"的意思，就是讲上代的历史书，相传由孔子编选而成。《诗经》是中国最早的诗歌总集，编成于春秋时代，共305篇，分为风、雅、颂三大类，内容丰富多彩，语言朴实生动，反映了当时人民的生活，风俗习惯和政治混乱，人民生活困苦等情况，广为流传。《礼记》是秦汉以前各种礼仪的论文集，相传由西汉戴圣编纂。《春秋》是一本鲁国的编年史，为鲁国不同时期的史官们集体编撰，相传经过孔子修订，因在书中寓有褒贬之意，被后世称为"春秋笔法"。

我国最著名的伟大的历史学家，当推司马迁和司马光。司马迁，西汉时夏阳人（今陕西韩城），他的著名著作《史记》，从黄帝开始，一直写到汉武帝，共讲了我国3000年的历史。他年轻时就外出旅游调查，搜集了许多实际材料，进行了认真的分析研究，去芜存菁，记事翔实，内容有本纪、表、书、世家、列传共130篇，是中国首创的纪传体，对后世文学和史学都有重要影响，称得上是世界传记文学史上第一部开山巨著。鲁迅曾誉之为"史家之绝唱，无韵之《离骚》"。

司马光，北宋时陕州夏县人（今属山西）。他主编的《资治通鉴》是一部规模空前的编年体通史。全书294卷，约300多万字，叙述了上起周威列王、下至后周显德，共1362年的历史。作者以历代统治者的成败为借鉴，来昭示统治的经验教训，"鉴于往事，资于治道"，所以书名叫《资治通鉴》，是继《史记》之后又一本历史巨著，对于后代统治者有前车之鉴，是一本非常有价值的史书。

我国历代的文学作品也光辉灿烂，光芒四射，令读者爱不释手。文学作品在写法上有较早时期的所谓赋——平铺直叙，开门见山；比——文中引用比喻、对比；兴——托物、托思，引出作品的主题。从形式上看，有所谓诗、词、曲、艺、书法、绘画、舞蹈、音乐等多种。还有唐朝时期兴起的散文。韩愈破除魏晋南北朝时期过于讲究韵律排偶的四六体骈文，主张用散文来写文章，被誉为"文起八代之衰"，相当于现代用白话文代替文言文的功用。唐宋八大家的文章世代相传，历久不衰，他们是：唐代的韩愈、柳宗元，宋代的欧阳修、苏洵、苏轼、苏辙、王安石、曾巩八个人。

中国的小说，也是很丰满的，有长篇，也有短篇，都流光溢彩，绚丽多姿。其中四本长篇小说最为脍炙人口，无人不读，流传中外，就是罗贯中著的《三国演义》，吴承恩著的《西游记》，施耐庵著的《水浒传》和曹雪芹著的《红楼梦》。这些书不仅仅是一本文学艺术作品，而且是一本反映一个时代兴盛衰败的历史画卷，把历史融合于文学艺术之中，令人神往。

短篇小说如《三言二拍》《老残游记》《聊斋》，以及各种随笔、新语、偶记、夜话等也琳琅满目，引人入胜，不仅是文学作品，也都是醒世恒言，言之有物呀！

还有中国的对外开放，也有很多突出的举措。早在汉代，张骞两次奉命出使西域，远至安息（古波斯，今伊朗地区）等地，开辟了通往西方的丝绸之路，在国际上影响很大。唐朝初期国势强盛，文化发达，玄奘（即唐三藏、唐僧）在唐太宗贞观年间多次出国，至天竺（古印度别称）等国取经（佛经），历经磨难，终抵于成。明朝时郑和7次下西洋，遍访了30多个国家和地区，历经28年，最远到了非洲东岸和红海海口，成为中外航海史上的壮举。这些都值得大书特书呀！

我们之所以把中国的许多文化和文明发展，列举出来，不仅因为它是一个朝代、一个人的所作所为，而且是一个时代文化文明的反映。而文化和文明的反映，也都是在人们的爱心驱使下取得的。一个人没有爱心，能有这样的创举吗？能做出这么伟大的事业吗？不可能呀！这是祖先为后人留下的丰富遗产，爱的遗产，爱心远播，爱心四溢，足以使现代中国人取之不尽，用之不竭，更增加了我们对历代祖先所建立的丰功伟绩，对祖国的优秀传统和丰富遗产激发出了无比的尊爱和崇敬之心，永世不忘。

（三）中西结合　发扬光大

在与中国传统文化发扬光大的同时，我们也不断地吸取外来的文化。清初康熙皇帝在御花园的畅春园内设立了蒙养斋算学馆，类似于西方科学院的机构。康熙组织力量测绘出我国的地图——《皇舆全览图》，李约瑟认为这张地图是当时亚洲最好的、也是比欧洲更好更精细的地图。但是这也仅仅是康熙个人的一种爱好和活动，对整个国家科学的发展影响并不很大。

直到1840年鸦片战争失败后，清政府才认识到科学知识和人才的重要性，采取了一系列相应的措施。例如1862年成立了"同文馆"，就是编译馆，专门把西方的书籍译成中文。1867年设立了天文数学馆，专门翻译西方的天文学与数学著作。1872年向美国派遣了我国第一批幼童留学生。留学生大部分是去学习外国先进的科学技术、艺术、政治理念等。概而言之，到日本去主要是学医、学政，探索他们明治维新之后的治国之道。到欧洲，特别是去法国、意大利、俄国，主要是学习那里的文学艺术。到希腊去学习哲学、体育，到美国去学习科学技术和经商活动，到德国、英国去学习政治经济学等。这是符合我国博采众长，洋为中用的宗旨的。1949年以后，我们在改革开放政策的主导下，继续加强与外国的沟通，短短几十年的中外交流，我们在科学技术、人文艺术、经济商业等方面有了许多收获。但我们不能把学到的东西照抄照搬，照猫画虎，我们要结合我们自己的特点，同时因地制宜地制订出具有中国特色的社会主义道路。我们这样做了，在许多方面做出了卓越的成就，为世界所瞩目。

拿我国古代的传统的优秀的东西到今天来用，就是古为今用；拿外国的好的优秀的东西给我们用，叫作洋为中用。把我们中国传统的好的东西拿到外国去，这叫作中为洋用。融中外古今好的东西为一体，献出我们的爱心，中西结合，发扬光大，这就是我们当代人的一个重要任务。

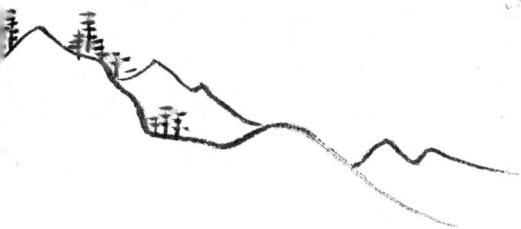

九　爱现代

（一）珍爱现代　融入社会

现代社会就是现时社会。

社会是什么？有几种说法。

一说社会是一个繁花筒。现代社会纷繁复杂，多姿多彩，千奇百怪，无所不有。好的，坏的，清的，浊的，正的、邪的，美的、丑的，真的、假的，什么都有，混在一起，不易识别。这个社会能使你成功，也能使你失败；能使你高兴，也能使你伤心；能让你攀上高峰，也能让你跌入低谷；能让你进入天堂，也能让你陷入地狱。繁花筒里好的、不好的，都有，就看你怎么处啦！

二说社会是一个大染缸。它可以把你染成各种颜色。所谓"近朱者赤，近墨者黑"，一旦染上了某种颜色，往往改不了啦，即使改，也不纯了。社会上有各种各样的人，有各种各样的新旧事物，有和善的，有刚强的；有平和的，有凶悍的；有正义的，有邪恶的；有努力的，有怠惰的；有新鲜的，也有陈旧的；新社会，旧社会；光明透亮的社会，见不得人的黑社会，等等，都会在你的身边徘徊，对你施加压力，呼之欲来，推之不去，弄得人们神魂颠倒，不知如何是好。

三说社会是一个大熔炉。这个大熔炉就像一个汪洋大海，无边无际，无穷无尽，无处不在。它既广博深厚，也有浅陋轻薄，看不见，摸不着，但它却确实存在。它让你在这个大熔炉里锻炼，接受考验，磨炼你的意志，增强免疫力，锻炼得好的可以促使你身心健康，诸事顺利，经不起锻炼的，就一蹶不振，翻身跌倒，满身是伤。

四说社会是一个大课堂。学生在课堂里上课学习，有学得好的，也有学得不好的，就看你怎样学习啦。大浪淘沙，真金不怕火炼，是金子总会发光。不怕不识货，只怕货比货。

现代社会不能绝对化，不管它是一个繁花筒也好，大染缸也好，大熔炉也好，大课堂也好，它都不是绝对的，而是相对的。有好有坏，好坏参半，不是绝对的好，也不是绝对的坏，否则你就无法在这个社会中生活、生存，社会现象是世界性的，每个国家都有各种不同的现象，要逃避是逃避不了的。如何与这个社会相处，就看你的神通啦！

如何与这个社会很好地相处呢？我们觉得需要注意几点：

一是面对现实，积极融入社会中去。眼观六路，耳听八方，多听多看，辨别真伪，这样你才能有辨别力，认识力，弄清真伪，正确对待。而不是身不由己，被社会牵着鼻子走。是你影响社会，不是让社会来左右你，要有应付社会的能力，而不是随波逐流，随着社会的变化而沉浮。

二是以身作则，发挥正能量。看这个社会怎么样，先看看自己怎么样，自己站得稳，坐得正，身正不怕影子邪，一身正气，两袖清风，社会再混浊也不能把你拖下水。上梁正，下梁才能正，上梁歪，下梁也歪了。终究是邪怕正，正能压邪。所谓魔高一尺，道高一丈，社会上正气上升了，邪气自然就下去了，社会风气自然就好了。

三是向社会不良现象作斗争。人是社会的主宰，是人主宰社会，而不是社会主宰人，要相信人的力量可以战胜一切。社会上的正能量联合起来，向负能量作斗争，不怕负能量不屈膝投降。不要以为社会现象与己无关，事不关己，高高挂起，社会风气的好坏与我们每一个人都是息息相关的。

四是善良的人们互相联合，和衷共济，不贪小便宜，就不会吃亏上当，不要让歪风邪气有空可钻。人心齐，泰山移，大家齐心合力，终究是社会上好人多，坏人只是一小撮。

总之，社会现象好与不好，并不是一时一事的，有一个长期的积累过程，不要觉得社会一下子就变得很好了，这不可能，孔子也只是说："听讼，我犹人也，必也无讼乎！"打官司，我跟大家一样，但愿打官司的事越少越好。古人所谓夜不闭户，路不拾遗，这也需要社会生产十分发达、社会文化十分高尚的情况下才有可能，并非一朝一夕之功。

（二）科技创新　积聚财富

近现代是科学技术大发展的时代,在短短的二三百年时间,科学技术经历了三次革命。

一是蒸汽时代。发生在18世纪中叶至19世纪中叶,主要是发明了蒸汽机,带动了纺织行业的大发展。

二是电气时代。发生在19世纪下半叶至20世纪初,发明了发电机和电动机,导致了电力的广泛使用,让世界大放光明。

三是现代高科技时代。是从20世纪中期开始的,现代科技的门类很多,大致有以下几类,即:信息技术、材料技术、能源技术、空间技术、生物技术和海洋技术。

高科技的发展突飞猛进,日新月异,第四次科技工业革命将以更新的姿态出现在我们的面前,这就是人工智能革命。

科学技术的发展,给人民带来了崭新的面貌,这是以前所有的世纪无法相比的。

一是生产力有了大发展,人们的生活水平有了很大的提高。过去所谓家庭四大件，已经更换了好几次，衣服讲究时新，吃饭讲究营养，住房客厅、卧室、厨房、厕所配套，外出很多家庭都有了自备汽车，地铁、公交车行驶线路大大增加，出门非常方便，远处旅行则高铁、飞机等快速稳当。高铁已经远筑至海外各国，声誉卓著。2020年是全面建成小康社会的收官之年，并将在实现第一个百年奋斗目标的基础上，迈向全面建设社会主义现代化强国的新征程。

二是科学技术高度发展，广泛使用，给予人们很大的方便。当前，以互联网、大数据、二维码、人工智能为代表的新一代信息技术蓬勃发展，各国共享数字经济发展机遇，通过探索新技术、新业态、新模式，共同探寻新的增长功能和发展途径，天上、地下、森林、大海，到处在开发，开拓利用；手机、电脑、上网已普遍使用，差不多每个家庭，甚至每个人都有手机。手机的应用十分广泛，及时传播信息、探索讨论、查询资料、网上购物、远程视频等，远在千里，近在咫尺。有关国家的科学家正在探索更加精密的航天航海技术，可以上天揽月，下海捉鳖。人们发现了宇宙黑洞，对于进一步探索天体的奥秘开了大门。最近的人工智能技术把人们带入了无人驾驶、无人操作的新天地，一个更加美好更加快捷的世界正在向人们招手。据权威人士声称，到2030年，全球人工智能市场的规模将达到16万亿美元。中国人工智能的发展异常迅速，2016年中国启动了一项为期三年的人工智能行动实施方案，2017年又发布了"新一代人工智能发展规划"，目标是到2030年使中国成为世界主要人工智能创新中心。这样浩浩荡荡的人工智能的发展，将把人类带入一个无可估量的未来，未来的世界将是怎样的，几乎无人能够正确预测。党的十九届五中全会又提出了迈向新的奋斗目标，全面建设社会主义现代化国家，给了人们极大的振奋。

三是人们积聚了财富。国富民强还是民富国强，这是相连结的。中国早在两千多年前的学者——孔子的学生有子就说过："百姓足，君孰与不足，百姓不足，君孰与足"，只有人民富足了，国家才能富足。国家富足了，才能有力量去支援一些弱小的贫困的国家，使全世界都富裕起来。

这里要特别强调一点，就是现时代我们积聚财富，不是靠掠夺侵占，而是靠发展科学技术，通过提高工作效率、提升工作产能等，获得正当的财富。我们坚持发展世界贸易，越来越开放，不搞闭关政策、关门主义、独断专行，我们"启发商机，共同富裕"，而不是尔虞我诈，一家独吞。这和过去帝国主义横行时代以强凌弱、以大欺小的行径，完全不同。

（三）精神物质　两全其美

世界上所有的东西都可以包括精神和物质两个方面。

精神是什么呢？精神是一种思想、意识、意志和信念。反映出对事物的一种爱心。它看不见，摸不着，但它却有无比强大的力量，能驱使人做所有的事情。如果没有物质，但有了精神、意志，可以创造出物质来。如果只有物质而没有精神，物质消耗完了，就没有可以再继续用的了。从这个意义上说，精神比物质更重要。所以说英雄们的精神永垂不朽，没有听说过物质永垂不朽呀！

人们对一些有精神有骨气的人都致以崇高的敬意。这些人不是极少数，而是大多数，这个世界正是由于这些有精神的人历久奋斗而绵延至今，要是没有这种精神，不知道还有没有现代的国家，即使有，也不知道是一个什么样的国家。我们不是生长在虚无缥缈中，而是生活在现实生活中。

但是这种精神也不是天生具有的，而是在实际生活中锻炼出来的，这里不得不引用孟子说过的一句话："天将降大任于是人也，必先苦其心志，劳其筋骨，饿其体肤，空乏其身，行拂乱其所为，所以动心忍性，增益其所不能。""富贵不能淫，贫贱不能移，威武不能屈，此之谓大丈夫。"又说："我善养吾浩然之气。"这都是讲的精神。

于细微处见精神，不一定要你做出多么轰轰烈烈的伟大事业，才算有精神，每一个伟大的事业都不是一个人能够完成的，它一定是许许多多人献出的精力或精神，一点一滴地做出来的。这些精神往往见不到，被人忽视，但如果没有这些人的奉献，这些伟大的事业可能就完不成。有一个时期，人们提倡钉子精神，是呀！钉子是一个多么不起眼的东西呀！但如果没有这个钉子，这个机器就转不动，就要出事。其实世界上许许多多的人都是一颗钉子，他们都是发挥了自己的精神。我们的贡献不一定要让每一个人都知道，都把你的名字载入史册。对于每一个人来说，当你老了的时候，当你快要辞世的时候，你说："我参加了，我无愧于心"，也就足够了。

在大家都十分看重物质，强调物质享受的同时，强调一下精神的重要性，强调一下爱的力量，也是非常需要的。应该是精神物质，两全其美。

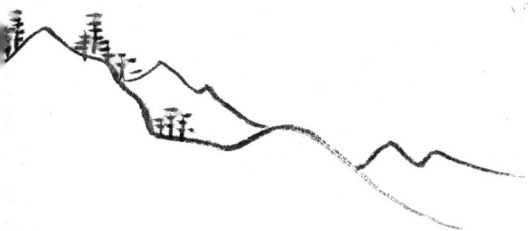

十　爱人类

（一）关爱人类　如同兄弟

中国唐代大诗人王勃的著名诗句："海内存知己，天涯若比邻。"孔子的学生子夏说："四海之内，皆兄弟也。"天下那么大，都与我们相邻，我们都像兄弟姊妹一样，相亲相爱，就像我们现在称"地球村"一样，再远的国家，一天一夜就能够到达，远在天边，近在眼前呀！这说明我们中国自古以来就非常关爱人类，关爱世界，重视发展对外关系，愿意与全世界的国家和人民和睦相处，相亲相爱。

为什么会是这样呢？这也是有理论依据的。因为我虽然生长在中国，是一个中国人，但我也是生长在这个世界上，是世界上的人。人不能遗世而独立，不能离开祖国，也不能离开世界。独木不能成林，一花不能成园，一个国家不能成为世界，世界是一个共同体，你依靠我，我依靠你，谁也离不开谁，有鉴于此，现代世界有许多共同性的国际组织、区域组织，例如联合国、国际货币基金组织、世界卫生组织等，一经加入组织就要服从组织的规律，不能随意行事，否则就会失去国际的信任。

现代世界是一个竞争的时代，机遇与挑战并存。人们要生存，要活得更好，就必须去迎接挑战，寻找机会。机会和挑战是回避不了的，必须起而迎之，战而胜之，机遇的大门对每一个人都是敞开的。

机遇也是人创造出来的，不是空穴来风，凭空得来，你必须有各种准备才能对来到的机会紧紧抓住。机会转瞬即逝，过去所谓过了这个村、没有那个店，机遇可逢而不可复呀！是人主宰机会和挑战，机遇和挑战不等人。

（二）大小强弱　和而不同

　　我们十分强调要关爱人类，亲如兄弟，怎样才能做到呢？千条万条，最关键的一条，就是要大小强弱，一视同仁，一律平等，绝不能再以强凌弱，以富欺穷，以大欺小，以众暴寡，霸凌主义，回到一百多年前帝国主义列强强加给弱小国家的老路上去。

　　一是不要越俎代庖，干涉别国的内政。一国自己的事情让他自己去解决，别国无权干涉。一干涉就必然会产生你支持这一派、他支持那一派，本来是自家内部的事情，变成了国际纠纷；本来事情不大，却变得很大、很复杂了；本来比较容易解决的事，变成久拖不决，旷日持久，永无尽头，受苦受难的是本国人民，有什么爱心可言。干涉不能解决问题，历史上的许多事情都可以为证。

　　二是不要顺我者昌，逆我者亡。你和我友好，我就支持你，你跟我不友好，我就不支持你。支持你就一切顺畅，不支持你就切断关系，动辄制裁，甚至出兵干涉，搞暗杀，必欲置之死地而后快。这完全是为自己的利益，而不是爱护别的国家。

三是民族歧视。有的国家自封为优等民族，高人一等，歧视其他民族。牺牲在民族主义者屠刀下的人知多少！

四是因宗教信仰不同而发生冲突，甚至战争，互相诋毁。有的是世仇，怨怨相报何时了。

五是"文明冲突论"。有的人把世界划分为东西方两个地区，认为这两个地区各方面都不同，以致必然引起冲突。地域虽然不同，但同样都是人类！

六是所谓"国家优先论"。你的国家要优先，那别的国家呢？你必须赢，那别的国家就只能输。这是商人的逻辑，资本主义的本质暴露无遗，现在讲的是互利、共赢，你还在那里讲独赢、优先，还扬扬自得，自以为得计，只讲利己，不讲平等、对等，其结果搬了石头砸自己的脚，自作自受。

七是小肚鸡肠。有的人做贼心虚，自己的情报部门到处伸手，偷偷摸摸挖别人的墙脚，却一个劲儿地认为别人占了他的好处，侵占了他的利益。其实是色厉内荏，自己也没有把握，误国殃民。

八是造谣中伤，欲盖弥彰。说是某国要侵略我。其实恰恰相反，某国的国力不见得比你强，他怎么会去侵略你呢？真是欲加之罪何患无辞。司马昭之心路人皆知！

九是在国际间煽起仇恨，只许州官放火，不许百姓点灯。

信口开河，恶语中伤，侮辱对方，旁若无人。

十是威协、逼迫、利诱。名为援助，实际是牟利，商人不做亏本的买卖。不要以为你这个庄已经坐定啦，不一定呀！先例实在太多了，你越想保持头等位置，越是保不住，蠢蠢欲动，失去得越快。

世界各国虽然有大有小，有强有弱，但它们作为一个国家彼此都是对等的、平等的，地域、国力虽有不同，但也各有特色，别的国家不能干涉。要允许不同，即中国人说的"和而不同"。各国对世界的事物可以有不同意见，只有协商才能解决，不能挟势自恃，有我无你，强词夺理，只有一家言，没有他家言。霸权主义、霸凌主义已经过时，还要把它搬出来招摇撞骗呀！

中华人民共和国成立以后，中国总理周恩来就和印度总理尼赫鲁，倡导了求同存异的理论，与印度尼西亚等国家倡导了"和平共处"五项原则等，这都为世界所公认，现代人应当珍惜这些优良传统，而不要倒退。

（三）文明对话　共享繁荣

　　各国有识之士提倡文明对话,这在当今世界已经蔚然成风。文明对话有助于沟通思想、消除隔阂和协调行动。和平与稳定局面的形成，离不开文明对话。可见，对于任何一个国家，任何一个地区，乃至整个世界，文明对话利莫大焉！

　　物质文明、精神文明和政治文明，是人类文明的三大领域。科技进步使得地球变小，推动着人类的物质文明。各个国家、各个民族千百年积累起来的、并随着时代发展继续加以完善的道德风范，丰富着人类的精神文明。"二战"后和平共处五项原则的提出并不断得到弘扬，则是人类政治文明升华的一种体现。这一切，都是世界性的。

　　人类文明从其发生之时起，便是多元的。各种文明都要走向世界，且存在于世界。文明具有多样性和互补性。各国人民有着不同的经济发展水平、文化背景、社会制度和价值观念，延续着不同的生活方式。没有多样性就不成其为世界。

各国文明的多样性是人类社会的基本特征，也是人类文明进步的动力，都为人类文明的发展作出了贡献。世界各种文明应该也可能长期共存，在竞争中取长补短，在求同存异中共同发展。

今天我们所处的世界，是一个文明多元的世界。文明不可能"一元化""一体化"，但高尚的文明毕竟有其共性。文明不能强加于人。尊重他国文明，恰恰是对本国文明的尊重。"海纳百川、有容乃大"。文明的包容性远胜于文明的排他性，文明的平等性否定了文明的优劣之分。

人类面临着一系列全球性问题。文明对话不只是发展中国家的需要，也是发达国家的需要。近几年发生的全球金融危机，几乎威胁着所有国家。文明对话取得的共识是：谁也不能独善其身，而应该同舟共济。

当今世界是一个发展不平衡的世界。文明对话取得的共识是：国家不分大小、强弱、贫富，都是国际社会的平等成员；要反对以大欺小、以强凌弱、以富压贫。各国人民有权根据本国的国情和自己的意愿，选择社会制度和发展道路。

周边国家之间往往因领土和资源问题引起纠纷。文明对话取得的共识是：应该与邻为伴而不是以邻为壑，睦邻友好、互利合作、共同繁荣是最佳选择。

大国关系对于世界安全环境的影响举足轻重。文明对话取得的共识是：合作与竞争同在，摩擦与妥协并存；合作要诚信，竞争要守规矩，摩擦要不导致对抗，妥协要适度，结果是双赢共赢，而不是某一家受益。

文明对话是一种人皆可取的和平方式，其意义和影响极其深远，人类将在文明对话中相互借鉴，在文明对话中完善自身社会变革，在文明对话中探索新的发展模式，在文明对话中解决面临的全球性棘手问题。

中华民族有着古老而富有生命力的文明，一向以提倡包容、注重和谐与酷爱和平著称。面对当今复杂多变的世界，中国坚持和平与发展的时代主题观，高举和平、发展、合作的旗帜，而和平、发展、合作又都是与文明对话密切联系在一起的。中国提出了构建持久和平、共同繁荣的和谐世界的主张，而和谐世界只能是基于文明对话的世界。

只有了解各个民族的文明，才能了解历史，了解各种文明的不同，才能消除偏见。以文明对话为载体，更能让中华文明同世界各国人民创造的丰富多彩的文明一道，为人类提供正确的精神指引和强大的精神动力。